万事尽头
终将如意

畅销升级版

白岩松

等著

中国·北京

图书在版编目（CIP）数据

万事尽头 终将如意 / 白岩松等著. -- 北京 : 金城出版社有限公司, 2023.1
ISBN 978-7-5155-2345-3

Ⅰ.①万… Ⅱ.①白… Ⅲ.①随笔 – 作品集 – 中国 – 当代 Ⅳ.①I267.1

中国版本图书馆CIP数据核字（2022）第060877号

万事尽头 终将如意

著　　者	白岩松等
责任编辑	许　姗
责任校对	岳　伟
责任印制	李仕杰
开　　本	880毫米×1230毫米 1/32
印　　张	8
字　　数	130千字
版　　次	2023年1月第1版
印　　次	2023年1月第1次印刷
印　　刷	天津旭丰源印刷有限公司
书　　号	ISBN 978-7-5155-2345-3
定　　价	49.80元
出版发行	金城出版社有限公司　北京市朝阳区利泽东二路3号　100102
发 行 部	（010）84254364
编 辑 部	（010）64391966
总 编 室	（010）64228516
网　　址	https://www.jccb.com.cn
电子邮箱	jinchengchuban@163.com
法律顾问	北京市安理律师事务所 18911105819

有钱没钱，天天过年

白岩松

一

我要去里约报道奥运并在此之前"看巴西"，知道这消息的朋友，都迅速把同情的目光给了我。这同情信息量很大，比如：巴西很乱，贫民区很多，枪击案时有发生，安全堪忧；政治不稳定，总统都靠了边；除了拖鞋，没什么可买的，经济谈不上发达，高楼比中国少得多，地铁在里约没几条……总之，同情的目光都仿佛在说：巴西有什么可去的？

去了又回来，好像大家说得都对，可一个问号也被我带回而且越变越大：巴西有那么多不如我们的地方，可为什么，那儿的每一个人都好像比我们快乐？

可能正因为如此，从巴西回来很久，我越发怀念在那儿的快乐日子，生活简单，阳光灿烂，有钱没钱，天天过年。

二

在巴西时，接到国内同事朋友发的短信，结尾的四个字常常是：注意安全。

可在巴西的一个多月，针对中国人的抢劫，我只听说过两次：一个好像是从银行取了过万的美元现金，被人盯上了；还有一个，是把很牛的相机挂在了胸前，于是，招来了眼红的人。

除此之外，我没有听说过其他针对中国人的抢劫。倒是美国游泳名将制造了"被抢劫"的故事，之后被证明是他喝大了编造出来的"新闻"，终于将抢劫酿成大"国际笑话"。

该说的是，我在巴西丢过两次钱包，都被送了回来。一次是加拿大记者，一次是志愿者，都是看银行卡上的中国名字然后送到了奥运新闻中心，最后物归原主。这样的美好经历让我觉得巴西有另一种安全。

当然，这种安全，可能也与我在巴西的穿着打扮有关，除了做节目，我都是圆领T恤大裤衩配人字拖，加上不晒就黑的肤色，看着很巴西。

所以同事常夸我：没人抢你，可能是怕你抢人家。

三

国内朋友对我们的担心，在知道我们要去贫民区采访后达到高潮，这担心也让我们自己开始有点儿含糊。

"要不，党员与结过婚的先去？"

后来，真好像是这么做了。可之后，这恐惧就消失了。贫民区很安全，我们队伍中的一位主任，上瘾般地去了四次，估计要再有时间，他还会去。

贫民区的说法很中国。到了里约，我就几乎不再用这个词，叫巴西人民自发建的"经济适用房小区"更准确一些。里约近1/3人口都住在这种中国人心目中的贫民区里。

在巴西，你不管在哪儿盖个房子，如果五年里没人找你麻烦，那这块地儿的产权就归你了，于是，不愿意去郊区住的巴西人，就在城里像种地一样，种出了一个又一个贫民区。水电基本免费，生活成本很低，而且往往都在城市中的好位置，常常有着无敌海景。你说，如果生活在巴西，你打算住哪儿？

看着里约的很多豪宅常常与贫民区挨着，我就会同情住在豪宅里的富人，这性价比不够高啊！

四

我承认，以购物为目标的中国游客，到了巴西会失望的。

能买回来的东西不多，翻来覆去，也就是巴西人字拖鞋和一个叫"美丽莎"的时尚橡胶鞋。除此之外，也就是碧玺、水晶与绿宝石，再然后，就真没什么可以往回带的了！

然而，从巴西带不回来的东西，才真的让人难忘。

四大块超级棒的牛肉，折合人民币五十多块钱，在中国，价格得翻几倍；还有水果和各种农产品，好吃极了。想想看，国土面积和中国差不了太多，可人家才两亿多人，这土地肥得流油，种什么能不好吃呢？再加上土地上无数悠闲的牛。正因为这一切，巴西有种不太好推广的自助餐模式叫"公斤饭"，无论是海鲜还是烤肉还是主食或蔬菜，你随便选，最后用总重量统一计价。吃过这饭多次的中国人总会恍然大悟：这模式在中国无法推广，人家这儿，肉与米与菜与海鲜的价格差不了太多，都不贵……

可惜，这公斤饭没法打包带回来。

五

但我最想带却真的带不回来的，是巴西人对于运动的热爱和

序

无处不在的各种运动场地。

常听有人说，里约奥运跟北京没法比，硬件与建设速度差远了。

也许吧！但可以换个角度，如果以热爱运动和运动场地的便利性作为标准的话，里约甩北京好几条街。

在里约，一天二十四小时，都看得到在大街上运动的人们。天热穿得少，巴西的男人女人都把拥有好身材当成一生的事业，而运动是最重要的手段。也可能因此，里约到处是运动场，我们拍摄了由十来块场地构成的二十四小时开放的足球场。二十四小时开放，意味着凌晨也有人在踢球，至少在我们拍的午夜时分，十来块场地上都是踢球的人，很专业很认真的比赛持续进行中。而在我们住的小区，中间的大过道处，一条长达1.2千米的慢跑跑道，围出两个网球场，两个小足球场还有三个篮球场，而且，几乎都是免费的。这还不算小区里的球场、游泳池、乒乓球案子，等等。在一个贫民区采访时，那里最整齐的一块地，是一个相当标准的足球场，政府修的，让小孩免费玩。于是，这样的绿茵场，自然让孩子们"有钱没钱，踢球过年"。你也因此明白，巴西队为何五夺足球世界杯！

如果我们的身边也有很多免费的球场，中国也会出梅西的。否则，没戏！

六

里约奥运开幕式一结束,全世界对巴西的口风好像都变了,看着毛病那么多的巴西人,居然给了全世界一个那么快乐的开幕式。

开幕式刚完,打开手机,都是祝贺的:你火了。你成网红了。你是段子手……

"不不不,我不是网红,我姓白,我是网白……"

心里没说的是:这块土地上,就该这样快乐地玩。

快乐,是巴西这块土地上最独特的东西。阳光、音乐、海滩、舞蹈、足球、笑容……巴西人的生活不复杂,在里约路边站一个小时,你看到的各种肤色,比你在世界其他地方一年看到的都要多。而不同肤色的人们,在巴西相处得相当不错。快乐,像一种信仰,让这里的人们凝聚在一起,有钱没钱,天天过年。让我这外来客,羡慕着,又往往融不进去。复杂久了,想回到简单的快乐,比我们自己想象的要难。

而我们真该要的是什么?不是快乐吗?

我们该向巴西这块遥远的土地借鉴并学习一些什么呢?

《1+1 看巴西》只是一次靠近,而不是答案,谢谢您的目光。

目 录
———
Contents

 遥远的距离，上帝的馈赠

近在咫尺的天堂 / *002*

幸福的烦恼 / *012*

农业，国家的崛起 / *022*

 **未来之国，起飞的梦**

人在白天消耗掉的，神在夜里会补给你 / *034*

空中的繁荣 / *046*

陌生的城市中，熟悉的角落里

面向未来，一切都充满了希望 / 054

黑色罗马 / 067

一月的河 / 074

忽略了现在，更忽略了过去 / 082

一半是海水，一半是火焰

想象中的危险 / 094

风景与疮疤，真实的存在 / 100

一切都还来得及 / 114

文化乱炖，肤色混搭

一个国家的诞生 / 126

流淌在血液里的文化风情 / *135*

舞！舞！舞！ / *145*

强调平等，是因为歧视无处不在 / *154*

有钱没钱，踢球过年

巴西足球，未来不愁 / *166*

足球是艺术，是竞技，也是生意 / *175*

圣殿存在的价值 / *184*

如果不去运动，请给我一个理由

热爱生活，享受生活 / *198*

人人都是运动员 / *202*

奥运只是一个游戏 / *209*

播种未来 / *229*

壹

遥远的距离，上帝的馈赠

近在咫尺的天堂

幸福的烦恼

农业，国家的崛起

近在咫尺的天堂

"五行"巴西

"巴西是距离中国最遥远的国家。"这是身在巴西的华人最常挂在嘴边的一句话。的确,1.2万公里的距离,近30小时的飞机航程,而且中间至少要转机一次,这分属南北半球的两个国度在我们普通人看来实在有些遥不可及。然而在这信息与网络高度发展的今天,越来越多的中国人开始了解巴西,逐渐探索属于这片土地的神秘故事。

巴西对于大多数中国人来说是陌生的,但不管我们对这个国家如何陌生,也多会认为巴西足球是世界最强的,因为它是"五星巴西",拿过五次足球世界杯的冠军。如果套用这"五星"的概念,我们不妨用中国人所熟悉的金木水火土这"五行"来对应一下巴西所拥有的自然资源。

"金",巴西有非常丰富的地下矿藏资源,这一点自然没得说;"木",巴西的热带雨林与林木资源绝对独步天下;"水",亚马孙的淡水的含量与水资源之丰沛,让多少人都会觉得它是孤独求败;"火",巴西在几年前发现了近海的石油,将来甚至可以出口到国外,更重要的是巴西把甘蔗转化成了乙醇,为汽车提供源源不断的能量,这可是巴西熊熊燃烧的火,绝对无人能及;最后说到"土",850多万平方公里,世界第五大的国土面积,居然还有大量未开采的土地,可以说巴西是一个真正的农业超级大国,让人羡慕嫉妒"恨"。

巴西曾经的崛起,在某种程度上讲是幸运的,同时也是意外的。上苍赐给了巴西辽阔而肥沃的土地,丰富的矿藏、水和其他资源,但是巴西的民间却流传着的这样一种说法:上帝的门徒圣彼得问上帝为何要给巴西这么多的财富与这么少的自然灾害,上帝回答道:"别急,你还没看到我给这个国家创造的人。"丰富的自然资源早已成为巴西的一个重要标签,但是随着时间的推移与社会的发展,巴西在其他方面的问题却一点点暴露了出来。

万事尽头，
终将如意

巴西的土地上遍布着跳跃的色彩，大概在这个世界上没有任何一片土地可以与其相媲美。亚马孙雨林、伊瓜苏瀑布，这些都是巴西所独有，并被全世界赞誉的自然资源。但是另一方面，国家政局动荡、经济下滑等现实又带给早已跻身金砖国家的巴西巨大的社会压力，巴西人则常以他们独有的幽默与自嘲回答着一切有关这个国家的质疑："巴西是未来之国，永远都是。"

资源大国

巴西幅员辽阔，850多万平方公里的国土面积不仅让其位居世界第五位，甚至还占据了整个南美洲土地面积的47.7%。由于国土面积的庞大，地球上两条重要的分界线似乎无法回避地从巴西境内穿过，一条是穿越了巴西北部的赤道，另一条则是穿越了巴西南部的南回归线。这两条分界线的存在，意味着巴西绝大部分的国土都处于热带地区。

巴西是世界上的资源大国，全国可耕地面积达到3亿多公顷，是中国可耕地面积的3倍，而它的人口却只有中国的1/9，这样的土地与人口比例使得这个国家尚未开发利

亚马孙河的淡水含量与水资源之丰沛，让多少人都会觉得它是孤独求败

用的土地面积非常多，几乎相当于中国现有可耕地的面积总和。

走在巴西的农村，这里的土地不再是像中国一样的红土或黑土，取而代之的是一种巴西所特有的红褐色土壤，这样的土壤为巴西培育出了丰富的农作物品种。巴西常年降雨充沛，日照时间长，即使在冬季仍可以种植大量的农作物。不仅如此，巴西的物产也极为丰富，那里的土地上有着大量的牲畜，所以巴西人根本不需要担心挨饿的问题，充足的农作物与畜牧完全可以满足他们对于食物的需求。畜牧业是巴西的强项，牛类的数量仅次于印度，猪的存栏头数也居于世界前列，巴西早已经成为国际上牛肉、猪类和禽类的重要出口国之一。

巴西的农牧业产值占到了巴西国内生产总值的10%以上，不能否认，这一切的确得益于巴西国土所处的地理位置，但更重要的是，我们应该看到农业为巴西经济所带来的贡献。

一个国家经济发展的历程常被看作高密度能源应用过程的代名词，在农业方面以外，巴西的矿藏同样排在世界前列。巴西的铁矿石蕴藏量约为480亿吨，并且大部分为富矿，如果一定要用数字来计算的话，这样的矿藏量大约可供人类开采数百年之久。巴西的铌矿探明储量已达455.9万吨，足够供应全球市场800年之久。此外巴西还有钨、锡、铅等大量的稀有金属矿藏，这些矿藏不仅储藏量大，而且品质很高，如今都已经成为巴西重要的矿产出口资源。

巴西不仅工业矿产石产量极高，同时也是宝石与半宝石的产量大国，在当地的市场里，随处可见帝王玉、蓝水晶等色泽诱人的宝石。有人曾做过统计，目前全球一半以上的宝石与半宝石都产自于巴西，各国游客来到巴西也通常要稍带一块宝石回去，让更多的人看到巴西"富贵"的一面。

生命王国

虽然没有足够的时间前往亚马孙一睹它的神秘，但是在巴西人的口中，当他们谈及亚马孙时都会不经意地显露出赞誉的神情，甚至就连幼儿园里没有去过亚马孙的小朋友也会脱口而出："亚马孙是我们的。"对亚马孙的热爱之情早已根植于每个巴西人的头脑中，永远挥之不去。

亚马孙河霸气地占据着数个世界第一的位置，它是世界上流域面积最大的河流，总流域面积达到705万平方公里，仅亚马孙的干流就有7000多条。作为世界第四大雨林的亚马孙已经成为巴西国人的骄傲，不仅因为它的壮丽与神秘，更因为它庞大的森林与自然资源给大量的生物提供了生存与繁衍的栖息地。

在福斯伊瓜苏市区有一个百鸟园，那里有着属于巴西的上千种鸟类，其中大部分的鸟类都长期生活在亚马孙河

万事尽头,
终将如意

流域。巴西最著名的鸟类金刚鹦鹉,以及巴西的国鸟巨嘴鸟都生活在此。

　　鸟类只是栖息在亚马孙的动物之一,除此之外,这里还存在着许多世界上独一无二的新奇物种,这些神秘而独特的资源是人类对自然科学研究的焦点,更是巴西人凭此提升世界地位的狂热动力。

　　事实上,在1970年,巴西在追求城市化的进程中也曾

巴西的巨嘴鸟

不惜牺牲上帝赋予他们的自然资源，砍伐了大批原始森林，焚烧后开发为农耕用地，各种工业与农业的污染逐渐侵袭了自然生态区。野生动物被盗猎的情况越来越严重，珍稀动物的捕捉和贩卖日益猖獗，直接导致了90年代末期大量的野生动物惨遭灭绝，美洲狮、潘塔纳尔麋鹿及多个种类的猴子也都危在旦夕。

值得庆幸的是，在经历过这样一场惨痛的教训之后，巴西人经历了思考，最终做出了改变。在面对大范围的野生动物濒临灭绝的时候，他们终于像电影《里约大冒险》中宣扬的保护自然生态的精神一样，开始关爱和保护起这个地球上最纯粹的"生命王国"。

盼望未来

由于亚马孙的存在，在没有来到这片土地之前，就已经能够想到巴西水资源的无限潜力。除亚马孙以外，巴拿那河、伊瓜苏瀑布也都在为巴西提供着极其丰沛的水资源。在巴西，大部分地区都依靠水力发电，目前巴西100万千瓦以上的大型水电站已有二十多个。

说到发电，就必然会说到煤炭资源，煤炭是巴西相对短缺的物资，不过即便这样，巴西人依旧在现实面前找到了煤炭短缺问题的解决之道。其实不仅是煤炭，石油在巴西的储量也并不丰富，陆地上石油储藏量非常少，长期以来，巴西80%的石油都依赖进口。然而早在20世纪30年代，巴西就已经在国内东北部地区打出了第一口油井，但由于技术落后等原因，一直也没能提升自己的石油产量。直到近年来随着海上石油开采技术的飞速进步，巴西的油气储量发生了天翻地覆的变化。2008年，巴西被英国石油公司评为"近20年来石油储量增长最快的国家"，在2009年之前，巴西一直都是一个石油进口国，此后它却一跃成为石油净出口国之一。

现如今，巴西的石油产量实现了自给自足，汽车行驶在乡间的路上，总能看到"磕头机"在进行开采石油的作业，进入新世纪以后，巴西在近海发现了油田，举国上下一片欢呼，将来还要把它做到出口。虽然巴西的石油公司仍在蓬勃发展，但它的能源政策与石油政策紧密联系在一起，不会因为拥有大量的石油资源而产生极大范围的浪费。对于能源的使用，巴西人似乎并没有如此宽广的胸怀，在保护能源的同时也在开发更为清洁的替代能源。从表面来看就是这样，人对自己已经拥有的东西都好像显得并不那么在乎，却对自己想要拥有却还没有得到的东西格外盼望。

在来到这片遥远的土地之前，我对巴西的印象还停留在茨威格的著作《巴西：未来之国》中，那里资源丰盛，人们依靠生产与劳作繁荣着自己与美好的家园。如果世界上有天堂的话，也许这片土地就已近在咫尺。但现如今的巴西，还是茨威格曾经笔下描绘的那个样子吗？

幸福的烦恼

生命之水——伊瓜苏

从圣保罗乘飞机起飞，经过两个小时的飞行时间，就可以抵达位于巴西西南部的小城，福斯伊瓜苏市。那座城市不大，却蕴藏着壮丽的自然景观，以及一座举世闻名的水电站。

交汇于福斯伊瓜苏市的伊瓜苏河和巴拉那河，是这个城市的生命之水，然而正是这两条河流，孕育出了南美洲最大，并被列为世界三大瀑布之一的伊瓜苏瀑布。在伊瓜苏河与巴拉那河的交汇处存在着河床的水平位差，随着河水冲刷的侵蚀，日久天长，形成了现在人们所看到的伊瓜苏大瀑布。直到现在，大瀑布依然在慢慢改变着它的样子，

遥远的距离，
上帝的馈赠

而且这种变化还将一直持续下去。

伊瓜苏瀑布位于巴西与阿根廷的交界处，这两个南美洲的国家由这恢宏的瀑布隔开，瀑布的一侧是巴西，另一侧是阿根廷。两岸参观瀑布的游客都能在瀑布的最顶处看到对岸，这是否也成了两个国家的人民互相见面的一种特殊方式呢？

奇妙的是，在巴西境内观看到的瀑布风景，与在阿根廷境内看到的完全不同。巴西当地人告诉我们，从巴西这

俯瞰伊瓜苏河和伊瓜苏瀑布

一侧观望瀑布，要比从阿根廷那边去看显得更加宏伟壮阔的一些。话虽这样说，但不能否认的是，这两个国家因为伊瓜苏河而彼此相连，这样连接的不仅是地理位置，更是一种人类的文明。

伊瓜苏，在南美洲原著居民的语言中是"大水"的意思。这条河发源于巴西境内，河宽达到1500米，第一眼看去甚至会觉得它就是一个湖泊。河流的前方是一个陡峭的峡谷，河水顺着峡谷倾泻而下，激起的水雾弥漫在密林上空，咆哮的水流声绵延开去，在几公里以外都可以听见。

伊瓜苏瀑布不仅在不同的地理位置与角度会带给人们不同的感受，就连在不同的时间与天气也会让人们有着不同的感觉。凌晨5点，我们来到伊瓜苏瀑布景区，太阳还没有升起，环境格外静谧与深邃，在略带潮湿的空气中，我们感受着与大自然亲密拥抱的愉悦和欣喜。

随着太阳升起，伊瓜苏瀑布逐渐充满了活力，宛如一位在清晨时分苏醒过来的婀娜女子。阳光洒在树林间，落在瀑布上，水汽反射出点点亮光，沉睡了一夜的瀑布向这个世界发出呼唤，带给人们无限的活力。

顺着蜿蜒的小路前行，激流与缓溪一路交替，可一到了被誉为"魔鬼喉"的瀑布最顶端，感受则完全变了样。伊瓜苏瀑布在这里发出雷鸣般的声响，溅起的水雾达到上百米之高，此时的伊瓜苏就像一个威武雄壮的勇士，向人们展示着自己威武雄姿的同时，也在保卫着这座小城。

由于当地环境保护工作的到位，野生动物在这里随处可见。被我们称作果子狸的小型动物在景区内自如奔跑，不时偷抢游客的食物，甚至还会自己打开游客的背包，寻找里面能够满足自己胃口的新鲜食物，不知这算不算它们对人类的另一种友好。

无形的国界线

能够拥有这样一座瀑布是巴西人引以为傲的事情，正是得益于水资源的异常丰富，巴西几乎在一夜之间就建起了仅次于三峡的世界第二大水电站——伊泰普水电站。它在宽阔的巴拉那运河上被高高筑起，为下游伊瓜苏瀑布飞流直下的呼啸汹涌积聚起澎湃的势能。

伊泰普水电站靠近巴西、巴拉圭和阿根廷三国交界处，它是全球发电量最大、装机容量第二大的水电站。伊泰普

万事尽头，终将如意

水电站大坝全长近 8000 米，坝高约有 200 米，相当于 65 层楼高，仅从这样的外表便可领略它的雄伟，更何况水电站装有 20 台单机容量为 70 万千瓦的水轮发电机组，这样的雄伟可不只是表面功夫。

40 多年前，一场能源危机袭来，巴西和巴拉圭两国决定共同修建伊泰普水电站，以解能源供应之急。自开始发电以来，伊泰普水电站已经连续 15 年成为全球年发电量最大的水电站。

由于是巴西与巴拉圭两国共同修建与运营，因此如果进入伊泰普水电站内部，便会发现许多有意思的场景。总控室中监控水电站运营情况的大屏幕在这里似乎成了一道国界线，将总控室分为左右两边，巴拉圭与巴西的工作人员各占一侧进行日常办公，而中间的一张桌子则是两国工作人员轮流值班的区域，每隔 6 个小时便要交替换岗一次。

在伊泰普水电站内部，所有的文字都会用三种语言进行表示：巴西的官方语言——葡萄牙语，巴拉圭的官方语言——西班牙语，以及国际的通用的语言——英语。虽然在这里工作的人们说着隶属于这两个国家的不同语言，但

伊泰普水电站的总控室

是他们交流起来似乎并没有什么阻力。

　　同样的，在设计伊泰普水电站的标志时，设计师充分参考了巴西与巴拉圭两国的代表性元素，并充分运用了两国国旗的颜色元素。标志上对称的四个方块代表着水闸与溢洪道，左侧的方块是巴拉圭最具代表的蓝色和红色，右侧是最具巴西特点的绿色和蓝色。在水电站的标志中，左右两侧的方块被分割成同样的大小，蕴含着两个国家之间平等的合作关系。

更有意思的是，由于在伊泰普水电站内部隐藏着一道无形的国界线，所以巴西与巴拉圭两国的工作人员会从属于自己国家的大门进入伊泰普水电站内进行工作。每当日落下班之时，两个国家的工作人员又会开着分属于各自国家不同设计的汽车牌照的车子回到家中。

因为巴西与巴拉圭两国相邻的缘故，在伊瓜苏居住的民众也可以根据自己的居住证明轻松往来于这两个国家。带领我们参观伊泰普水电站的是一位华裔大姐，她和丈夫都居住在巴拉圭，每天她都会自己驾车穿越国界线来到巴西境内的伊瓜苏工作，而丈夫则留在巴拉圭经营着小生意。

巴拉圭是个没有出海口的内陆国家，为了促进经济发展，他们将位于巴西和阿根廷边界的东方市开辟为如港口一样的边贸口岸，利用免税等优惠政策吸引各国商人前来经商。导游大姐一家也是因为能够在巴拉圭挣到更多的钱，才几经纠结，最终决定全家定居在了那里。虽是两个不同的国家，但对于生活在过境边上的两个国家的居民来说，那里并不存在刻意的国界划分，无论走到哪里都是亲近与友好。

如果登上水电站大坝，感觉是极为震撼的。如果正值放水期，从巴西这边的观望台向巴拉圭那边的溢洪道看过去，滔滔洪水就像千万条饥饿的猛兽，从一道道闸门里拥着挤着咆哮而出，水浪被掀起数十米之高，遮天蔽日，壮观无比。

会唱歌的石头

伊泰普原意为"会唱歌的石头"，在大坝的底层，近20个电机每天24小时不间断地运转着，巨大的轰鸣声便是这块"石头"发出的美妙之音。电机勤奋地转动，仿佛这个城市中每一个勤奋的市民的真实写照。很多年前，这里还没有如今现代化的城市，为了这座水电站的发展，一批又一批的工人与科学家举家搬迁至此居住。他们不仅有巴西人，也有日本人、韩国人，巴西社会的融合性在这里体现得淋漓尽致。虽然来自不同的国家和民族，但他们为了科技的进步与发展共同奉献着自己的青春。

事实上，伊泰普大坝自20世纪70年代动土兴建以来，也遭到了很多反对的声音，最重要的就是居民搬迁，以及对当地生态环境的影响等问题。但巴西人通过自己长期的

万事尽头，
终将如意

努力，使伊泰普在被更多的人接受的同时，也逐渐成为巴西环保方面的一个成功案例。

一座水电站开始运营的同时，也是一项新的环保工程的开始。只有把环保视为水电发展的永无止境的配套工程，不断提升环保水平，并将其与当地经济、社会发展结合起来，才是水电开发的可取之道。

伊泰普水电站

近些年来，新兴水电站的发展在巴西国内再次受到了非常激烈的左右交锋，当地的原住民和环保主义者格外反对大量开发水资源。因为现在已经不可能再在伊泰普那里修建水电站了，想要修建的话只有向亚马孙地区挺进，然而这对于周围的植被与环境的影响可能是相当之大，所以这种抗议的力量一直很强。可是另一方面，谁都明白水力发电是一种不需要消耗更多资源，也不会带来工业污染及二氧化碳排放的一种非常优质能源提供方式，因此巴西人一直就在这种矛盾中左右摇摆，国家的几届政府其实也都在思考这样的问题。

这样的状况在近几年其实有了一个决定性的变化，在2011年的时候，一个将来要排在全世界第三大的水电站已经在巴西的亚马孙地区开工了，不过在这背后也同样会有纠结之处，比如亚马孙地区周边的居民只占巴西总人口数量的10%，因此就需要远程输电，在这个过程当中的安全损耗又会多大呢？

别看我们拥有好东西，有的时候却会因此带来一些烦恼，不过我在想，这是不是属于一种幸福的烦恼呢？

农业，国家的崛起

世界大农场

巴西可被称作世界上的大农场，经过一段时间的发展，巴西已经从一个粮食进口国转变为世界上最大的粮食出口国之一，而且也是国际五种交易谷物的全球最大出口国。世界上任何其他农产品出口大国，都无法像巴西那样出口如此种类丰富的农产品。

在巴西，经常有人这样说，巴西的农业实在太强大了，就算是树上掉下的椰子、芒果，乞丐也都不愿意去捡起来。曾经的巴西只进行粗放式的农业生产，但从1975年开始，巴西进入经济调整期，把发展重点放在了某些薄弱的部门。20世纪70年代末，巴西政府宣布农业是国家首位的重点产业，是解决国家经济问题的唯一出路。到了 80 年代，巴西农业发展迅速，1985 年，国内生产总值迅速增长，工业生产齐头并进。

经过了多年的沉寂，巴西不仅注重农作物产量的提高，也更注重生产结构的提升。巴西的农业生产分为两种模式，资本密集并以出口为导向的大型现代农场，以及农户自己的小规模经营。这种局面的形成跟巴西的历史有着千丝万缕的联系，茨威格在他的著作《巴西：未来之国》中就已经说明了农业在巴西的开发过程，巴西的起源即从农业开始，当地丰富的农业吸引了外来的殖民者，咖啡、棉花、大豆、橡胶，这些农作物早在一百多年前就已经在支持着这个国家的崛起。

咖啡的情愫

在巴西的时候，我们无意间遇到了一个叫作 Quilombo 的咖啡庄园，这座庄园从 1892 年就开始种植咖啡，它最初是一位葡萄牙裔地主给女儿的陪嫁，经过男主人 20 年的建设，这块土地从一片荒芜变成了当地屈指可数的咖啡庄园。

名为quilombo的咖啡庄园

Quilombo，既是逃亡奴隶的意思，又是这个庄园的名字，拥有着150年的历史。现在的庄园主人向我们介绍，如今他们已经是家族里的第四代传人了，他们的曾祖父与祖父是这里最早种植咖啡的人，那时候他们拥有的土地并不多，但随着家族实力的扩大，他们买下了更多的土地用于咖啡种植。最初的时候，这里只有一座房子，既用于存放咖啡，也是咖啡的交易场所。

距离他们所在城市不远的地方就是巴西著名的桑托斯港口，这是巴西重要的对外出口港之一，而巴西的大多数咖啡也正是从这个港口被运往世界多个国家。许多年来，咖啡一直都在决定着巴西整个国家的贸易平衡，而对于这个家庭来说，也正是咖啡让他们的家族富裕起来。这座咖啡庄园的主人家族最初只进行咖啡种植，种植好的咖啡会卖给当地收咖啡豆的商人，在咖啡种植与贸易昌盛的时期，这样的交易带动了他们整个家族的发展。

两个世纪以来，虽然巴西一直都在种植着咖啡，但是由于咖啡在国际上的地位下滑，以及在巴西国内道路运输的不畅通等原因，造成了大量的咖啡销售停滞，为此，这个家族如今也在为自己的咖啡庄园考虑。他们认识到只售卖咖啡豆并不能带来极高的经济利润，因此他们购买了加工咖啡的器材，开始进行简单的手工咖啡制作，这样一来，他们的利润得到了成倍的增长。

Quilombo 咖啡庄园历经了四代人的经营与传承，虽然土地与咖啡种植的面积都在缩小，但是他们仍然坚持着祖辈留下来的产业。对于他们来说，咖啡早已不再是一种作物，一种能够谋生的经济来源，更重要的是对祖业传承的情怀。如今他们仍然坚持着种植咖啡，其余的土地则种植一些木薯等畅销的农作物来维持家族的生存。但是对于咖啡，他们始终坚持用手工制作与研磨，这始终是他们秉承的态度。

如今巴西的工业化水平不断提高，咖啡在国民经济比重中的地位有所下降，但是仍可视为这个国家国民经济的支柱。现在巴西咖啡的产量虽然下降了一些，但是仍占到世界咖啡总产量的 32%，咖啡对于巴西这个国家以及他的人民的影响从未减弱。

如今 Quilombo 咖啡庄园的主人也将这片庄园转化为了供游客旅游的地方，人们可以在那里骑马，了解与咖啡相关知识，可以在那里进行咖啡制作，另外他们售卖一些外包加工的咖啡豆。但他们依然在坚持着咖啡的种植，这对于经营着咖啡庄园的家族来说是一种情愫，也是他们坚持了两个世纪之久的家族信念。

被榨干的甘蔗

在巴西，人们喝咖啡时加的糖来自甘蔗，酒馆里喝的甘蔗酒来自甘蔗，汽油里加的乙醇同样来自于甘蔗，甚至是制造玩具所用到的聚乙烯也来自于甘蔗。甘蔗在巴西，可谓是被吃干榨尽。

巴西是世界上最大的甘蔗生产国，蔗糖自然成为巴西的第一大出口产品。由于20世纪70年代巴西政府提出的"甘蔗—酒精"的生产计划得以实施，甘蔗在巴西的种植一直稳步扩大。

巴西的甘蔗生产主要集中在5个洲，其中圣保罗州占其总产量的三分之二。在去巴西之前，印象中的巴西农业还是落后的家庭作业，简单的人工耕种，但到了巴西之后，那里的现实情况却是完全机械化与标准化的作业方式，几乎见不到家庭农业的影子。

万事尽头，
终将如意

　　如今的巴西，甘蔗的种植不仅实现了规模化与机械化，而且他们拥有着先进的种植技术与农用机械。在巴西时，我们看到了两个甘蔗种植地，一个是属于巴西的大企业，他们与巴西当地壳牌石油公司进行合作，另一个甘蔗种植地则属于一家家族企业。

　　当地的种植人员向我们介绍，他们曾经收割甘蔗的方式十分传统，为了方便砍割及运输，通常要靠大量人工采用焚烧甘蔗叶的方式进行作业。如今这样的景象已经全然不存在了，由于焚烧甘蔗叶带来了大量的环境污染，巴西政府制定了相关政策，要求在2005年年底，必须结束燃烧甘蔗叶的收割方式。但还没等到规定的日期，巴西燃烧甘蔗叶的收割方式就已经提前消失了，不得不说巴西民众对于环境爱护的自觉性超越了我们的预期。

　　得益于巴西优越的地理条件，再加上土质与昼夜温差大等原因，巴西的甘蔗糖分含量非常高，产量也极其乐观。巴西的甘蔗大部分生长在中南部，有65%的甘蔗都生长在圣保罗州，在开车通过圣保罗的高速公路时，道路两旁一望无际的绿色甘蔗田令人心旷神怡。

　　巴西有500多家甘蔗加工企业，其中大部分都会生产

圣保罗州王子市的一个甘蔗种植及加工厂

蔗糖和乙醇两种产品。在巴西的任何一个酒馆中，服务员大都会给顾客推荐一种名为卡莎萨的酒，这种酒在很多国家也被称为朗姆酒。巴西人常用朗姆酒勾兑柠檬、糖、薄荷叶、冰块，这样调制出的含酒精的饮品也别有一番风味。到了巴西，如果不喝一次卡莎萨一定是一次不完整的旅行。

此外，巴西的许多甜品和饮料都会让亚洲人觉得甜到无法忍受，不知道这是不是因为巴西产的糖实在太多了。也有人说，在经济落后的年代里，只有富人才能吃得起糖，越甜越能体现出自己的经济地位。现如今的巴西，有50%的甘蔗用于蔗糖的生产，其中大部分产品为精炼的白砂糖。在正常的经济需求之外，不知这算不算是一种心理上的补偿呢？

在巴西的时候，我们有幸走访了位于圣保罗州王子市的一个甘蔗种植及加工厂，那里规模不大，设备也很简易，却拥有着30年的甘蔗加工历史。在机器的轰鸣声中，一根根甘蔗的价值被这个仅有80名员工的家族工厂压榨得一干二净。

加工厂里的甘蔗经过压榨、发酵的过程，一部分甘蔗汁经过提纯变成了乙醇，而另一部分，则被导入容器，浓缩结晶变成了蔗糖。压榨后产生的甘蔗废料在锅炉中燃烧发电，供加工厂自己使用。被过滤出来的甘蔗细渣成为压制聚合板材的原料。排出的甘蔗废液作为纸浆的一部分，被送往纸张生产厂。而最后散落车间的其他废料，还可以作为甘蔗种植园的肥料，被再次送回农田。在一个规模并不算大的甘蔗加工厂中，甘蔗从种植到生产加工，甚至利用废料废渣进行供电与施肥，这样的自给自足可谓完全不给其他厂商留任何机会。

圣保罗不仅是巴西的经济重镇，也是南美洲最大的经济中心。巴西有 40% 的工业都聚集在圣保罗，这虽繁荣了经济，但也不可避免地带来了污染。早上离开圣保罗时从升空的飞机舷窗往外望，一种我们非常熟悉的薄雾笼罩在圣保罗上空，但即便如此，这在北京也算是最好的天气了。

Biometano
• SUSTENTABILIDADE EM MOVIMENTO •
Posto de
Abastecimento

贰

未来之国,
起飞的梦

人在白天消耗掉的,神在夜里会补给你

空中的繁荣

人在白天消耗掉的，
神在夜里会补给你

不加汽油，加乙醇

在巴西期间，我曾在里约的一个加油站录了一个短片在节目中播放，可能很多朋友会觉得你到加油站干吗？全世界哪儿的加油站不一样？还别说，巴西的加油站还真跟其他地方的不一样。加油站里的头两个加油枪，红的、黄的可能都一样，加的是汽油，等等，但这里加油站的另一个枪要加的是乙醇，是用巴西的甘蔗转化而成替代能源。这样的能源如今在巴西可以说是非常普及了，其实美国也在搞这种替代能源，他们用玉米做出一比二的转化，但是巴西人用甘蔗能让转化比达到一比八，可以说这种转化的能量，以及它的环保性都特别强。

巴西人做这件事是因为在20世纪70年代中期的时候，他们遭遇了石油危机，而不得不去寻找替代能源。煤炭也许是对于工业生产至关重要的能源，但它在巴西又是相对缺乏的物质，而且巴西直到近些年才提升了海上石油开采技术，在此之前，他们发展中找到了更低廉、更清洁的能源替代品，所以说巴西在甘蔗转化成乙醇的进程方面，绝对是在全世界范围内保持领先的。

用乙醇代替汽油，虽然这在今天的巴西已经非常平常，但在47年前，这个决定更多是被迫做出的。在1973年世界石油危机的冲击下，巴西政府为减轻对进口石油的依赖，决定利用本国丰富的甘蔗资源，生产乙醇燃料。从1975年起，巴西开始正式实施以乙醇代替汽油的计划。巴西投入了很多资金来研发使用乙醇的发动机，如今还有一种发动机可使用乙醇汽油、汽油或乙醇三种燃料。

20世纪80年代末，巴西全国能够直接加乙醇的车辆就达到450万辆以上，掺乙醇燃料的车也超过了300万辆。此项计划使巴西成功地渡过了石油危机，同时促进了甘蔗种植加工业的生产，并创造了大量的就业机会。经过发展，如今的巴西已经形成完整的燃料乙醇产业链。1991年，巴西政府再次颁布有关法令，提出了乙醇燃料新的发展目标，规定在全国所有加油站的汽油中必须添加20%-24%的无水乙醇。巴西政府预计到2050年，巴西国内交通工具使用乙醇作为燃料的比例将达到26%。

乙醇产业的发展，是巴西取得的诸多巨大成就之一，却鲜为外人所知晓。巴西可称为这一领域绝对的世界领袖，他们证明了科学家和政治官员的坚持不懈与创造力是正确的选择和举动。甘蔗在巴西的种植有着近五百年的历史，最终还成为国家技术研发和经验获取能力的关键，而正是这种能力，也使得巴西成为21世纪可再生能源领域的超级大国。

中国虽然在汽油中也会添加一些能够让汽油更清洁的物质，但是这种做法并不能跟巴西的乙醇代替汽油相提并论。有科学家已经证实，甘蔗目前是最理想的用于生产乙醇的农作物，最后的成品会超过8个单位的能量。甘蔗在巴西生产成本之低，使其比其他竞争植物更经济，更高效。由甘蔗转化而来的乙醇被称为一种特效燃料，虽然乙醇不

巴西的汽油和乙醇双燃料加油站

是万能的灵药，但的确比传统燃料具有更大的优势。与汽油不同的是，乙醇是一种可再生能源资源，不仅生产成本低下，而且更具环保性。以乙醇为动力的汽车，环保性也要比传统燃油汽车更加突出。

目前任何一个巴西的加油站都可以选择添加乙醇作为汽车燃料，这也是给巴西的甘蔗生产加工企业带来了极大的挑战。而随着乙醇的大量生产，巴西也相应地生产了以乙醇作为燃料的汽车，并在汽车尾部加上了特殊的标识，这种汽车既可以用汽油和乙醇的混合燃料，也可以只使用乙醇燃料。

因为甘蔗酒精的加入，巴西形成了自给自足的汽车燃料，即使面对国际油价上涨或石油危机等风险，也不会因此影响燃料的市场价格。而对于巴西民众来说，在保持汽车动力基本一致的前提下，价格低廉的能源更受到大家青睐。

虽然乙醇作为汽车燃料有着诸多的优势，但是巴西很难将这样的生物能源推广到全世界。其实巴西当初在石油危机的巨大压力下做这件事的时候，就已经意识到了一个道理，如果要依赖于别人探井的井架的话，这就可能是自己的障碍。当巴西把乙醇发展到世界第一的时候，其他国家不可避免地也会这么想。比如对于美国来说，他们为了要保护自己农民的利益，因此给巴西的乙醇设置了高达50%的关税，这样的话就给它形成了一堵墙。对于中国来说，能拿出那么多的土地去种甘蔗吗？我们可是有着14亿人口的一个概念。而对于全世界来说，只要应用了新的能源，就意味着要把整个加油的系统全部更换一遍。

虽然现在巴西的乙醇燃料还没有全世界铺开，但这却给全世界提供了一种思路，一旦石油危机等能源问题爆发，而我们又找不到其他办法的时候，巴西已经为我们找到了一种解决方案。

没有生物柴油怎么行？

大豆在巴西的栽培时间不长，却是近几十年来发展最快的一种农作物。巴西的大豆最早要靠从美国引进，而这短短30年时间，巴西已经成为仅次于美国的全球第二大大豆生产国，大豆也已是巴西产量最大的农作物商品之一。

马托格罗索州是巴西大豆产量最大的地方，在那里约有900万公顷的土地用来种植大豆，每公顷出产3吨大豆，单这一个洲每年就会有2700万吨大豆出产。而巴西种植大豆的总面积约为3200万公顷，年总产量达到了9600万吨。

大豆的出口在很大程度上受到外汇市场影响，要看美元和雷亚尔之间的汇率。如今的巴西，大概有50%的大豆用于出口，剩余的用来供应本国市场。在出口的大豆中，有大约60%是供应给中国市场的，供应给美国及其他美洲国家市场的大豆约占40%。

万事尽头，
终将如意

  由于巴西大豆富含优质蛋白质，因此国外市场对巴西大豆的需求一直很大。在巴西国内，大部分大豆用于大豆油和酱油的生产，也会用于大豆糠的制造。大豆糠是大豆工业出产的一种副产品，可用于生产制造猪、牛等动物的饲料。另外受石油与大豆价格的影响，还会有一小部分大豆用于生物柴油的制造。巴西政府鼓励生物柴油的生产商

大豆是巴西产量最大的农作物商品之一

向政府，即燃料出售的管理者售卖产品，他们会在柴油中加入 5% 到 10% 的生物柴油，用于现在的发动机上。

2005 年，巴西曾面临很严重的经济问题，大豆在国际市场上的价格持续走低，为了鼓励种植并保障大豆生产商的收益，巴西政府于 2006 年推出了一个全国性的生物柴油项目，往卡车、拖拉机等使用柴油的交通工具中加入这些生物柴油，加入的比例从最初的 1% 提高到了 10%。10 多年后的今天，在巴托格罗所州，那里大部分交通工具所配备的柴油发动机都使用了这样的柴油。

如今巴西的法律法规规定，现在的柴油发动机所使用的柴油必须混合 10% 生物柴油，政府在这种情况下也需要维持生物柴油的供应以满足市场需求。如今巴西百分之八九十的生物柴油都来源于大豆，但是现在并没有很多人愿意把大豆制成生物柴油。在目前的国际市场上，大豆与大豆油的需求量非常大，生物柴油的制造自然就很少用及大豆了。因此政府想要保证生物柴油工业的发展，政策方面的鼓励是有效的途径，而且既然是政府研发出了使用生物柴油的发动机，没有生物柴油怎么行呢？

甲烷发电更划算

伊泰普水电站跟我们国家的三峡水电站在规模上可以说是不相上下,而且它已经成为巴西的绿色品牌,不仅能够为巴西提供清洁的水电,更重要的是,它在绿色的基础上仍然在创造绿色的能源。

伊泰普水电站建成后,电站公司和当地政府为进一步推动高新农业发展,成立了伊泰普生物燃料科技园。科技园一方面为当地居民提供养殖和种植新技术,另一方面指导他们利用沼气能源,开辟了一条水电站与当地农场共同发展的绿色农业新路子。

每周二和周五,都会有54辆印有蓝色标志的工作车辆准时来到伊泰普水电站补充燃料,但令人想不到的是,车辆来这里补充的燃料既不是汽油或者乙醇,也不是水电站的电,而是水电站与其他机构合作生产的甲烷。这个生物气体的项目开始于10余年前,最初设立项目的初衷是为了解决河流的污染问题。

20多年前,伊泰普水电站区域内的很多土地因为没有适当保护而出现干裂,水质也逐渐恶化。后来,巴西政府将伊泰普水电站占地面积的三分之一划为生态保护区，环境得到极大改善。大大小小的养牛场，养猪场和养鸡场开始越来越多。养殖场一多，粪便就会增多。因此伊泰普水电站的研究人员便尝试如何利用各种动物的粪便，更快、更多地制造甲烷。

在距离伊泰普水电站100多公里的一个农场，是巴西三个生物甲烷实验生产地之一，在这个巨大的半圆形设施里，储存着这个农场85000只鸡和650头牛的粪便所产生的生物燃料。农场里的工作人员介绍说，这个地方一天能够生产2000立方米的甲烷，其中90%用来发电和供热，只有少数作为汽车燃料，因为他们发现甲烷用于发电比用作汽车燃料成本更划算。从2015年起，生物甲烷开始被巴西的国家机构认可，可作为一项新产品在市场上流通，现在的生产规模已经逐渐扩大。如今在巴西，有这样一个大的趋势，生产生物气体的公司大部分都在生产生物甲烷。

为了节省能源，这个农场早在2008年就购买了一台小功率的沼气发电机，开始利用沼气发电。新科技的运用初显成效，农场决定加大投入，那时他们刚好碰上了伊泰普水电站科技园生物燃料研究中心成立，中心的技术人员立

万事尽头,
终将如意

即表示愿意帮助农场实现电能的"自给自足"。如今这个小小小的农场接待着不少前来参观学习的农户,那些农户专程来学习他们的养殖模式和沼气发电。科技园负责研制沼气发电的技术员告诉我们,目前在这个地区有3.6万家农场,其中2.5万家都是家庭小农场,平均规模只有0.3平方公里,科技园目前正在面向这些农场推广沼气发电技术。

伊泰普水电站科技园生物燃料研究中心

巴西的资源太丰富了，真的算是抱着金饭碗，但抱着金饭碗的他们还是对未来有一些居安思危的感觉，这其实跟他们过去欠缺两个非常重要的资源紧密相关，一是没有煤，二是没有石油，20 世纪 70 年代中期又被人卡了一下脖子，因此他们的这种危机感是很强的。但是另一方面，巴西人又是乐观的，在巴西有这样一句名言：人在白天消耗掉的，神在夜里会补给你。就是说地里头被拿走的东西，干掉的，消耗掉的，将来我们还都会发现。巴西人拥有足够的乐观，所以从这个角度去说，我们对这样一个能源并没有被消耗得很大，却还在源源不断地发现新能源的国度里要产生一种敬意。就像 20 世纪 40 年代的时候茨威格说过的那句话："巴西是未来之国。"所以我觉得这届里约奥运会会让全世界的人更加深切地理解未来之国的真正含义。

空中的繁荣

航空强国

来到巴西,发现这里跟中国国内的一大不同就是城际交通,巴西的铁路很不发达,客运铁路基本没有,人们来往于城市之间很多是靠飞机出行。比如在圣保罗,除了在城郊多用于国际航班起降的 Guarulhos 机场,还有一个建在市区里的 Congonhas 机场,初到这里,感觉这个机场小得甚至还没北京一个地铁站大,但当我们凌晨 5 点到达这里值机的时候,已经是熙熙攘攘的一番景象。

同样是在圣保罗,城市的上空经常可以看到直升机掠过。原来在这里搭乘直升机就像在其他地方乘坐出租车一样平常,而且价格不贵,"起步价" 20 美元左右。很多人可能并不知道，圣保罗竟然是全球直升机数量最多的城市。

如此繁荣的航空交通映衬着巴西已是航空强国的事实，在圣保罗东北 80 公里外的圣若泽杜斯坎普斯就是巴西的航空重镇，早已跻身四大民用飞机制造商的巴西航空工业公司的生产基地就坐落在这个不足 30 万人口的小城里，公司新上任的总裁保罗.席尔瓦向我们介绍了巴西航空之所以发达的一个原因。

第二次世界大战之后，巴西政府拟定了一项策略，开始开发与学习航天技术知识，设立航天权威部门，同时也邀请了许多这个领域的教授来到巴西，建设了一所航天工程学院。这样的举动足以说明巴西从很早开始便对于航空工业相当重视，尤其是在技术方面。

巴西这种重视航空工业的传统一直延续到了现在，巴航公司目前现有 19000 名员工，其中 6000 名员工都在从事技术与科技方面的工作，几乎占到了全部员工的 1/3。而这 6000 人中，又有多达 4000 名的工程师，而且其中有相当多的人拥有博士等高学历。原来巴西人并不是凭空建立了一个飞机制造厂，而是先建立起研究院，培养人才，等到成功研发出一款产品后，再成立公司进行生产。也许就是这

巴航工业在全世界的支线客机市场占据着60%的市场份额

巴西航空工业公司位于圣若泽杜斯坎普的生产基地

样一个稳健的过程，才为巴西航空工业日后的腾飞打下了坚实的基础。

在如今这个成熟和庞大的市场下，巴西航空业之所以发展很快，完全得益于它最初的定位，那就是不做大飞机，而是做支线飞机。作为世界上70—130座级喷气飞机的主要制作商，巴航工业在中国已取得超过80%的市场份额。在世界范围，它也占据着60%的市场份额。巴航生产飞机的操作费用与维护费用都非常低，而乘客的座位却非常舒适，由于内舱内部没有中间那一列座位，所以给乘客的印象就是他们制造的飞机很宽敞。在巴航生产厂房外，正巧我们还看到了两架喷有"多彩贵州"字样的飞机，当它们完成一系列测试后，就可以交付给中国的航空公司了。

国家新名片

除了传统机型外，巴西航空工业集团也正在与波音公司联合推出新一架"环保验证机"，其中一项测试就是加注混合航空生物燃料。一般情况下，航空工厂所排放的污染气体占所有污染气体排放的2%，这数据相对来讲是很小的。但是航空工厂还是承诺减少飞机所造成的污染,所有航空工厂希望在 2050 年可以减少一半的污染气体的排放。

巴西是在航空领域最早使用生物燃料的国家。2005 年,这家公司就成功推出一款乙醇作为动力的飞机。如今,他们生产的飞机已经可以用生物燃料进行正常飞行,比如荷兰航空在奥斯陆和阿姆斯特丹航线的 80 架巴西航空公司生产的飞机,就已经在日常飞行中使用了生物燃料。如今,巴西航空工业公司已经是巴西的一张国家名片。

巴西飞机工业的发展背后,其实是有巴西的梦在里头。巴西有很多这样的世界第一,比如之前我说到的,对于我来说印象非常深刻的就是伊泰普水电站,因为 24 年前,我在做三峡大江截流报道的时候,牢牢记住的就是我们将要超越当时排在世界第一的伊泰普水电站,要建起长江三峡水电站。现在巴西人还在为另一个是不是巴西占有的世界第一而在和全世界吵架,尤其跟其中的美国得厉害,那就是关于飞机是谁发明的。

巴西现在的货币是雷亚尔,在此之前巴西货币使用的老钱上面印着一位老人,这个老人叫杜蒙,毫无疑问他是巴西人,但他到底是谁呢?全世界的人,包括我们似乎都知道，1903年，美国的莱特兄弟试飞了飞机，现在大家都认为他们是飞机的发明者。可是巴西人不这么看，他们认为1906年试飞飞机的巴西人杜蒙才是飞机的真正发明者。为什么呢？巴西人说1903年的时候莱特兄弟试飞是秘密进行的，谁知道他们用没用其他的装置？但是1906年巴西人杜蒙试飞的14BIS机型确实是公开进行的试飞，而且他把所有的相关资料无地捐给了全世界为了和平使用。所以巴西人就把杜蒙的头像印在了钱上，而且以他的名来命名了里约热内卢热的国际机场。

到了20世纪60年代，巴西的经济高速发展的时候，他们确立了巴西航空这样的一个发展路径，不跟波音去竞争，不跟空客去竞争，只做这种支线飞机，定位极其准确。也许大家还记得2008年的时候那个名叫佩林的美女来竞选美国总统，她竞选的口号叫作"美国第一"，但是她绕着整个美国来进行竞选的过程中坐的是谁的飞机呢？是108座的巴西人生产的一架支线飞机。所以巴西人一直在跟全世界，尤其在跟美国在打这场官司，这样的争论起码会让全世界都知道，原来巴西人也是那么早就发明了飞机。这背后的确有一种巴西梦来推动它，而且，巴西的梦很多。

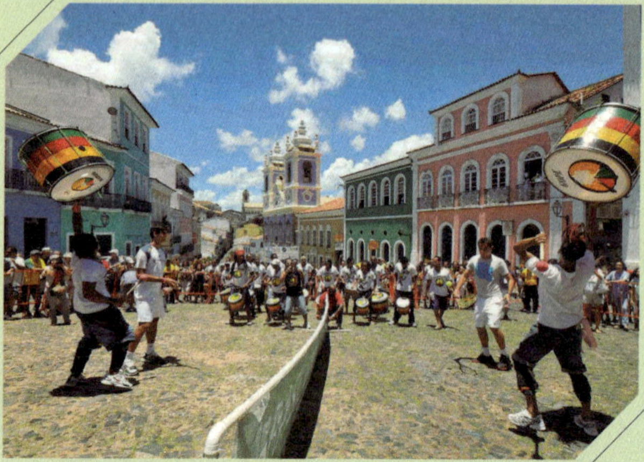

叁

陌生的城市中，熟悉的角落里

面向未来，一切都充满了希望

黑色罗马

一月的河

忽略了现在，更忽略了过去

面向未来,
一切都充满了希望

最年轻的文化遗产

就在2016年里约奥运会开幕前不久,我们的记者做过一次街采,问的问题是:"你知道巴西的首都在什么地方吗?"得到的回答可以称得上五花八门。其实也难怪,中国和巴西这两个国家,相隔得实在太遥远了,因此有很多不熟悉,不了解。但也正是因为如此,我们才更应该推开这扇了解世界的窗子,去看看外面的世界。

巴西这个国家的历史虽然并不悠久,但是它国土面积大,资源非常丰富,所以它一直有一个大国的梦想。这一个梦想，当来到它新建的首都巴西利亚的时候，感触就会变得非常深。

曾经有一本书这样描述巴西人的快与慢："做事慢，开车快，是巴西人最大的特点之一。"在巴西的首都巴西利亚，这种感觉尤为明显。当我们坐在车里，才感受到了什么叫作飞驰，透过车窗，看到街上的其他车辆，脑海中唯一闪现的词就是"凶猛"二字。甚至在穿越隧道立交桥的时候，两辆汽车几乎相互擦着经过，总让人捏一把冷汗。在巴西利亚，司机能有这样的开车方式，主要原因还是由于这座城市的道路设计。巴西利亚的道路非常宽阔，并且只为机动车设计，没有人行道以及自行车道。

巴西利亚的一切都可看作是被精心设计过的。巴西利亚是如今巴西的首都，这座城市的心脏就是三权广场。如果将巴西利亚比作一架飞机的话，三权广场就是它的机头，而它的机身就是三权广场大道，终点则是广场前方的电视塔。三权广场大道全长8公里，宽度有250米，由双向的车道和道路中间的景观构成，大道占地面积之大甚至可以切割出280个足球场来。

位于三权广场上的三个建筑被中国人称之为"一双筷

万事尽头，
终将如意

子两个碗"，其实这双"筷子"中间有一个连廊，它是葡萄牙语人类的第一个字母"H"，代表着以人为本，因为这是国会大楼。这两个"碗"中，敞开着口向上的是众议院，强调的是开放、民主；向下扣着的是参议院，强调民主完了之后得集中。整个这样的建筑的设计者是作为巴西利亚的总建筑师，甚至叫总监工的奥斯卡·尼迈耶，他强调的是他的曲线，这样的灵感来源来自于海滩、女性还有山，而这三点恰恰跟巴西的老首都里约热内卢所拥有的东西，正好完成了一种传承。

在巴西利亚的三权广场竖有两个人的头像，一个是实现巴西多年迁都梦想的总统库比切克，另一个是巴西利亚城市的规划设计者卢西奥·科斯塔。

在三权广场的地下，是巴西利亚城市规划设计博物馆。最为人们津津乐道的巨大的飞机造型的模型，占据着整个博物馆大厅，它的设计者卢西奥·科斯塔这样说道："巴西利亚，是我发明的城市"。

在城市机身造型的尾部，同样在地下，是库比契克总统纪念馆。这里不仅存放着库比契克的灵柩，还陈列着他当年建设巴西利亚的各种史料。

鸟瞰巴西利亚全貌

　　虽然巴西利亚的三权广场竖有库比契克总统和飞机造型设计师卢西奥·科斯塔的头像，但建筑师奥斯卡·尼迈耶对这个城市的贡献不能忘记。卢西奥规划了这个城市的飞机造型，而奥斯卡设计了这个飞机造型上的主要城市建筑。2012年，104岁的总设计师奥斯卡·尼迈耶去世的时候巴西举国哀痛，大家把他视为民族英雄一样，因为他在白纸上完成了一座城市的设计。

万事尽头，终将如意

在1822年巴西独立之后，这个国家就曾一度计划在内地创建新的首都，在134年后的1956年，库比契克总统终于做出了迁都巴西利亚的决定，并在短短的三年半时间里建设起一个崭新的首都。在库比契克总统纪念馆前的纪念碑上，刻有他的名言："在这座面向未来的城市里，一切都充满希望。"

1960年4月21日，巴西正式迁都巴西利亚，15万人来到巴西利亚参加庆典，其中有5000人是非常高规格的大使、部长、各国领导等人，但是能为这5000个贵宾提供的房间只有150个，结果当然是打得一塌糊涂，因为很难符合他们的身份进行入住，不过这倒也可见当时的盛况。

由于这座城市颇具创意的城市规划，巴西利亚在1987年被联合国教科文组织列入"世界文化遗产名录"，成为世界上唯一荣获"世界遗产"桂冠的现代城市，也是世界上最年轻的世界文化遗产，到现在这个纪录都没人打破，不知道将来会不会有人打破它。而令人震撼的是，半个世纪之后，巴西利亚的城市规划并没有落伍或遭到破坏，仍然展现出蓬勃的活力和常青的规划理念。如今回过头来再看这座城市，就会明白这座城市的飞机造型代表着巴西梦，它需要起飞,需要成为一个现代文化的引领者,需要成为被全世界所承认的大国。

没有汽车,寸步难行

2016年,跟巴西打交道44年的中国驻巴西大使陈笃庆先生,已经在巴西利亚生活工作了13年,对于巴西利亚有着自己特殊的感情,对于城市的道路设计也有着自己特有的感触。据他的观察,一般收入的中产家庭很难在巴西利亚中心城区生活下去,出门需要车不说,南北两翼的住宅也非常昂贵。此外,巴西利亚的城市规划还有一个特点,由于南北两翼住宅区的设计基本是一样的,因此在这里只需要说一个数字区块,出租司机就能把乘客送到目的地。比如中国大使馆的位置是在东四马路813,而一般司机未必知道具体某个单位的所在地,因此必须把地址方位告诉他,这就很容易找到了。

巴西利亚的路标设计也非常独特,路标上朝上的箭头意思是继续在主路上直行,朝下的箭头意思是此处可以转弯到辅路上,如果错过了可以转弯的地方,必须一直往前

万事尽头，
终将如意

开，直到看到下一个带有向下的箭头的路标时才能转弯。

　　这样的城市道路设计虽然创意十足，但的确也给市民造成了很多的不便利。如果在这里没有一辆车，单纯靠走路的话恐怕一天大部分时间都要耽误在路途上，就连出门到公交车站也经常要走上一个小时，这恐怕是这座城市设计中的一个遗憾之处。我们在巴西利亚的时候，就算想去

巴西首都巴西利亚

最近的超市，至少也得走上半个多小时的路程，所以没有车在巴西利亚确实很难想象。

在这之前，有一位中国的大学老师到巴西利亚大学来教学，有一次他实在找不着车了，自己又没车，只好骑自行车去机场，结果上了当地的电视新闻，因为居然有人会在这座城市选择骑自行车出行，而这恐怕也是设计者在设计之初并没有预见的问题。

巴西利亚这座城市从一张白纸和一片荒原上平地而起，它只经过了三年半的建设，从1956年开始一直到1960年就已经竣工了。因此，刚开始设计的时候，它只不过是适合在汽车上来流动的一座城市，基本没有给中低收入，尤其低收入的人群很方便的生活空间。

按照20世纪50年代的现代派观念，城市中的车辆和行人是完全分开的，每一个街区都可以按照自己的需求来安排设置内部的结构。如今随着经济的发展，城市的扩张，在这里也呈现出了大城市发展中的城市病，城市中仅有的一些房屋并不能满足市民的居住需要，但城市的发展又离不开各种各样的人的参与，因此发展卫星城成为巴西利亚的唯一选择。

万事尽头，终将如意

在这座城市里当然没有贫民区，因为这是一座完全属于中产阶级的城市。但是这里也需要佣人打扫卫生，也需要保安，而他们则住在几十公里之外的郊区，通过地铁把他们送进来，巴西利亚的确是巴西非常特别的一个城市。

现在巴西利亚已成为排名全国第四，拥有着将近300万人口的大城市。这里的人们大多在卫星城居住，白天来市中心上班，而每天上下班的路途大概要超过两三个小时。卫星城也会根据距离市中心的远近有一些等级的划分，级别高的卫星城距离城市中心较近，主要是一些政府机关工作人员的居住地，而更远一些的卫星城则主要是务工人员的居所，从环境上来看，那里与郊区并无太大的差别，看不到任何城市周边居住区的影子，偏僻、贫穷、基础设施差，巨大的差异让这个城市出现了两极分化。

在巴西利亚，虽然两栋建筑之间的距离可能只有800米，但是路中间常有很多阻碍，对于行人来说，这是出行时候的一种很大的困难。也许就是这样的城市规划造成了社会阶层的分割，让不同阶层的人们很难融合在一起。巴西利亚的一个学者说过，他们也认为公交是缩短高收入阶层和中低收入阶层的最有效的工具，但在巴西利亚，公交车却不是很便利，它的连接点少之又少。

我曾路过巴西利亚大学主楼前的一个停车场，由于当时正值放假，所以停车场还显得很空，有很多的空车位。如果平常正常上学的时候，这个停车场就会满满地停上几百，甚至上千辆汽车，而这所大学像这么大的停车场还有好几个。如此之大的停车场的出现就跟巴西利亚这座城市的设计有关，它在设计的时候就考虑要建立在汽车交通发达的基础之上，除了公交不够发达之外，平常其他大学里头惯用那种交通方式，比如说走路或者骑自行车在这也都不太方便，因为这里实在太大了，哪也不挨着哪。

所以在这所大学里头上学，如果没有一辆汽车，就很难完成自己的学业。甚至有人开玩笑说，在巴西利亚大学里上大学，如果你要没有汽车，谈恋爱都会变得非常非常艰难，因为你想出去玩就是一件非常困难的事，孤独可能会慢慢地陪伴你。透过这样的细节和这样的停车场就能让人感觉出来，巴西利亚这座城市在设计的时候，留下了很多好看的地方，也留下了很多不一定好用的地方。

目前，巴西利亚也认识到了公共交通方面的缺陷，已经在有意识地增加地铁、公交等交通工具。

万事尽头，
终将如意

未完成的城市

巴西利亚的市中心，被认为是政府事务和工作事项的庇护所，市民居住的地方从一开始就被考虑放到离市中心比较远的地方。事实上，很多卫星城里的人从来没有去过市中心，在卫星城里他们完全能够解决自己生活的所有需求。巴西利亚这个中心城区，最初只设计给大约 50 万人居住，但由于人口的大量增长，使得很多人必须到城市外去生活。当时的巴西利亚没有任何商业活动，没有服务业，只是一座被政府抛弃的城市，沿海城市才是那个时代更加重要的城市，而迁都就是为了让巴西的经济不只在海边发展，希望能够带动中部一直到北部。

在巴西利亚有一些城市公园，每天都会有家长带着孩子来这里玩耍，这些不过五六岁的小朋友说自己最喜欢这里的街心公园，因为能有足够的儿童娱乐设施。虽然居住在城市里的孩子，每个人的楼下都会有相应的活动区域，但是白天的时候却空空如也，有了区域而没有设施，这显然不能吸引孩子们的兴趣。对于居住在这座城市的居民来说，他们大多数是这座城市的奉献者，为了首都的发展来

库比契克总统铜像

到这里居住，但是如今看来，这个年轻的城市也需要发展起自己的公共设施，从基础设到医疗保障都需要进一步的提升。

　　巴西利亚还是一个未完成的城市，因为还会有人陆续到达这里，但是在背后一定不会忘记掉的是，巴西人在建这座城市的时候就对这个国家有一种更高的期待。要知道在100多年前的时候，迁都这件事就被写进了巴西当时的宪法当中，后来陆续有人采点，终于到了1955年新总统库比契克上台的时候喊出了一句话："5年要当50年用。"结果不到5年的时间，这座城市就呈现在大家的面前。一切看起来都是那么的美，这个首都虽然是全新的，其实摆放在这个国家前面的问题依然是传统的。贫穷的问题怎么解决，资源的利用和保护问题又该怎么解决，能不能真正地带动巴西北方以及东北部的经济发展，这都是摆在巴西面前，摆在它大国梦想前面的巨大挑战。

黑色罗马

第一个首都

在到达萨尔瓦多之前,这里给我最大的想象大概就是神秘,以及它丰厚的文化底蕴。从巴西利亚乘坐航班来到1500公里外的萨尔瓦多,会发现这里一切都是黑色的。据了解,萨尔瓦多280万人口中绝大部分是黑人和黑白混血人种,其中黑人的人口数量达到75万。

1501年,意大利航海家亚美利哥代表葡萄牙初次登陆此地,而在1763年以前,这里一直都是葡萄牙在南美殖民地的首都。萨尔瓦多在历史上曾经是南美黑人奴隶的贸易中心,因此几个世纪以来,整个巴伊亚州,尤其是萨尔瓦多的文化受到了黑人文化的很大影响,而且至今生活在这

万事尽头,
终将如意

里的多半都是黑皮肤、巧克力皮肤以及咖啡色皮肤的人们。

　　萨尔瓦多有一个绰号叫作"黑色罗马",因为它是世界上在非洲之外黑人居民最多的城市。在萨尔瓦多这个最具有非洲味道的巴西城市,既有非洲黑人文化的丰厚遗产,又有非洲与巴西文化融合而成的具有巴西特色的民风民俗。在这里,我们随时可以看到包着彩色头巾,穿着白色肥大

俯瞰萨尔瓦多

衣裙的巴伊亚妇女，她们叫卖着具有非洲特色小吃与各种手工艺品，将保留下来的巴伊亚民族文化传递给外国游客。萨尔瓦多是很多著名文化的发源地，甚至是整个巴西文明的发源地，声名在外的巴西狂欢节和桑巴舞均发源于此，除此之外，萨尔瓦多也是几乎全部巴西重要的民族音乐形式的发源地。

萨尔瓦多在葡萄牙语中译为"万圣湾边的圣萨尔瓦多"，它是葡萄牙殖民者在1549年建造的巴西的第一座城市，也是巴西的第一个首都，并持续了长达200多年之久。现在的萨尔瓦多是巴西巴伊亚州的首府，很长一段时间都被直接称为巴伊亚。现如今，这座古城虽然不再是首都，但它依然保留着文艺复兴时期的经典建筑，古都的风貌至今犹存，在这里，虽然城市仍在发展，但同时也在记录着有关巴西起源的那段历史。

萨尔瓦多城市的形状是一个标准的"V"字，最有历史感的巴哈区正好位于V字的尖嘴上，可以独揽三面海景，这里矗立着一座建于18世纪的古老灯塔，它被建造在一座古堡上，如今这座古堡已经成了一个殖民时代海军战绩博物馆，但它仍然为海上的船只引航前行。

万事尽头，
终将如意

另一个非洲

萨尔瓦多的老城大致可以分为上城和下城两个部分，上城位于海边的山丘上，是16世纪以来巴西东北部的天主教文化中心，集中了数十座富丽堂皇的教堂和大片的殖民时期贵族居住的场所和博物馆；而在下城附近的海边，历史上则是贫民区的聚居点，现在仍然密布着范围巨大的贫民区，混乱的古旧民房和装饰简陋的大厦交织在一起。在高城与低城之间，一个古老的电梯——拉塞尔达升降塔将其连接，这是巴西最早的一部电梯，至今仍然保留着。

位于萨尔瓦多上城的贝鲁利诺街区是这座城市的历史中心区，这里不但成了古民居的露天博物馆，而且在1985年被联合国教科文组织列为世界文化遗产。在殖民时代，这里曾是拉美的黑奴刑场与贩卖中心，当年的殖民者把不堪忍受奴役而逃跑的黑奴抓回后绑在这里示众，并施以鞭刑。在萨尔瓦多市中心的石柱广场中央矗立着一根大石柱，在那里的黑奴拍卖场的遗址上，至今仍可以看到柱子上曾经标出的价格：一头产奶的牛等于五个黑人男奴，一个黑人男奴等于五个黑人女奴。

废奴后，艺术家们把石柱当作文学艺术的表现题材，而石柱广场周围都是极具视觉效果和艺术价值的巴洛克式古建筑，在石柱广场四周，有几条沿着山坡顺势而下的古旧石路，路的两旁遍布色彩斑斓的百年民居。走在16世纪的石板路上，可以欣赏到总共350多座建筑风格各异的宏伟教堂，其中也包括闻名世界的圣弗朗西斯科大教堂。让人难以想象的是，巴西黑人血海深仇的源头距离这个教堂竟然不过几百米。

圣弗朗西斯科大教堂始建于16世纪早期，它无视当时信徒的贫困，将自己装点得富丽堂皇。圣弗朗西斯科大教堂当时只为权贵阶层开放，平民与奴隶不允许进入那里，但为了更多的平民也能够受到宗教的沐浴，在它的旁边也修建了专供平民礼拜的小教堂。

巴依亚大天主堂、圣多明哥教堂、圣恩教堂等宗教建筑集中坐落于此，一方面是由于这里众多殖民文化的侵入，另一方面，也是因为曾经的奴隶为了改变自己的命运，更多地寄希望于神灵，这一座座教堂就是他们全部的精神寄托。

这里可谓另一个非洲，随处可见过去非洲奴隶的后裔

萨尔瓦多的圣弗朗西斯科大教堂

和黑白混血的人种，街头售卖的是具有非洲特色的饰品，人们弹奏的歌曲、跳动的舞蹈也都带有明显的非洲情调，甚至连非洲的宗教都在此找到了踪迹，还发展出一些专属于非洲后裔的改良宗教文化。非洲的神崇拜在萨尔瓦多根深蒂固，当年生活在这里的黑奴来自非洲各地，不同族群、不同语言的非洲黑人把种类繁多的神崇拜带到萨尔瓦多，其中最常见的是奥里沙神崇拜。萨尔瓦多人经常祭祀的奥里沙神有十几个，大大小小的祭祀场所遍布全市各处。

17世纪，信徒大多清贫，盛行于萨尔瓦多的巴西黑人宗教坎东布莱教被宣布为邪教，非洲后裔为了保住自己的宗教，宣称自己同样信仰当时的主流教派，但是在实际的传教中则保留了属于自己的宗教，在内心里保留着对于非洲宗教虔诚的信仰。随着18世纪末期的到来，葡萄牙在巴西的殖民地首都从萨尔瓦多迁移到了里约热内卢，萨尔瓦多上城的宗教中心曾经一度衰落，这里的宗教教堂开始黯淡了下来。

巴西的非洲之魂，留给我们的不仅是历史文化和无以计数的教堂，更多能够让我们思考的是，这些非洲后裔生活在这片美丽的土地上，如何面对现实的生活。无论时代如何变化，这种源于非洲的原始特色，仍是保留在这片土地上的独有内容。

一月的河

混乱的城市

里约热内卢一直以来都是一个被误读的城市。明明是一个嵌入陆地的海湾，却被在1502年1月1号闯入的葡萄牙船队误认为是河流，因此被命名为里约热内卢，即葡萄牙语意为"一月的河（Rio de Janeiro）"。

虽然"一月的河"被沿用至今，但别忘了，里约，它本身就是海。

在我们达到里约热内卢的时候，距离2016年奥运会开幕还有不到一周的时间，当地安保已经升级到了类似于北京的"橙色"安保等级，每五到十米就会有一个拿着冲锋枪的军警站岗，这样的景象不仅带来紧张感，更会让人产生一种想法，里约热内卢的治安真的有传说中的那么混乱吗？是的，里约真的是世界上几个治安比较混乱的城市之一了。

在当地居住多年的华人多次警告我们，太阳落山之后，天黑了就不要再去海滩了，因为海滩附近没有路灯，路人也少，而那里正是在夜晚抢劫的高发地区，那里的抢劫不仅仅是身体上的恐吓，强行抢走钱财与值钱的物品，抢劫犯大多会带着刀，也有的还会随身带枪。所以在里约热内卢，出门的时候要放下贵重的物品与过多的现金。经过这一番的劝告，夜晚的海滩在我们的内心里已经成为一个禁区。

在白天的海边甚至是大街上，会有一些"小黑孩儿"，据说他们都住在里约的贫民区里，抢劫、偷盗是他们生存的手段。就算在白天，里约热内卢也会有大量的警察与安保人员真枪实弹地站岗巡逻，这让我们的内心对这座外表美丽的城市产生了一些恐惧。

从机场出来的道路右侧是高高的隔离墙，最初我们以为这是国内常见的隔音玻璃，后来才被告知这不是防噪音的，而是防枪击的。因为墙外就是里约著名的马累贫民区，

> 万事尽头，
> 终将如意

以前从机场出来的车辆常被打劫，所以才在道路旁加装了隔离墙。但隔离墙真的就能阻止来自贫民区的枪击吗？

里约热内卢国际机场离市区很近，当你越接近城市中心时，你就越会发现贫民区又岂是一堵堵隔离墙能隔离的。里约半山半海，山海参差交错。在里约这座城市穿行，目之所及的几乎所有山地，均被贫民区盘踞，贫民区已然成了与里约密不可分的一部分。张开双臂的基督像是这个城市的最高点，而距离基督像最近的，就是置身山地的贫民区，因此贫民区也被称为"上帝之城"。而事实上，里约贫民区的存在，远早于1931年才落成的基督像。不过那部著名的电影《上帝之城》所反映的贫民区生活，几乎成为里约热内卢，甚至是巴西的代名词。

贫穷的自由

在里约克帕卡帕纳海滩的黄金段位的对面有一个雕像，这个雕像是一个姑娘，这个姑娘是谁呢？她就是巴西处于帝国时代的时候，他们的国王佩德罗二世的女儿伊莎贝尔。1888年的时候，在全世界废除奴隶制的压力之下，当年5

里约热内卢的克帕卡帕纳海滩

月8日，巴西的国会通过了一个决议，决定废除奴隶制。当时国王佩德罗二世人在国外，因此国内的事务由她来主持，相当于我们常说的摄政王。几天之后的5月13日，伊莎贝尔在这个决议上签字了，从那一天开始，巴西正式废除了奴隶制。为了感谢她在这一件事上做出的巨大的贡献，2013年的5月13日，巴西人为她建了一个雕像。

  大量的黑奴因她的法令获得自由，离开奴隶主在平地的家，他们只能上山栖息，因此有了贫民区的雏形。后来随着城市的繁荣，大量的东北部地区民众到里约等沿海城市讨生活，山上的贫民区便成了他们落脚的家。

巴西的宪法规定居者有其屋，当来沿海城市讨生活的贫民占一块地盖上简陋的房子，只要五年之内没人找上门来，那么这块地的产权就终生属于你。这样一来，巴西的贫民区就免遭了强拆的命运。

也许有人会问，巴西地广人稀，为什么还有那么多人愿意拥挤在狭窄的贫民区呢？事实上，在迁都到巴西利亚以前，巴西的首都先后选在萨尔瓦多和里约等沿海城市，因此巴西经济社会的发展重心一直都在沿海一带的城市，从而导致地处内陆的东北部地区民众纷纷前往沿海城市谋求发展，这就使贫民区得以蔓延。

我们在里约一所公立学校进行采访，这所学校85%的学生都来自贫民区。问及学生如何看待贫民区的黑帮问题时，学生的回答是，没什么可怕的，他们只打从外面闯入的警察。事实上，经过100多年的发展，黑帮已成为贫民区的一部分，就像贫民区是城市的一部分一样。

常说里约的海滩是开放的，不限制阶层，更不会限制肤色，在这片海滩上，你能看到十种颜色以上的皮肤，但是当他们晒完太阳离开的时候，你会发现，有人走向了富人区，有人却走向了贫民区。

贫民区，虽是巴西的一个社会疮疤，但现在也成了巴西的一张旅游名片，更是巴西历史进程的象征。里约贫民区的存在，让生活显得更加真实。

在贫民区里我们接触到了马累社区的一个乐团，或许是这个乐团是由中国国家电网出资资助的原因，他们能用西洋乐器演奏出美妙的《茉莉花》《我爱你中国》等中国乐曲。这个贫民区乐团里的孩子，最大的不过十八九岁，最小的只有十三四岁，但是他们却拥有着一份属于自己的梦想，有着自己执着的追求。

在他们演奏完，我们有幸跟他们回到他们位于马累贫民区的家。他们各自背着自己的乐器，通过一条小路进入马累贫民区，他们的背影同他们演奏时的专注相对比，很难不让人对他们的日常生活多一些联想。

进入到贫民区，街口就有类似帮派分子一样的人出现，他们背着的AK47，看到一些外来面孔进入，立刻用对讲机向同伙通知着什么。而这些居住在马累社区的孩子们，似乎早已习惯了这样的场景，穿过这些帮派分子，回到自己的家中。他们的房间通常不过五平方米，屋子里没有床，

里约可能是全世界最不适合西装革履的大城市

只有一张床垫、一张简易书桌和一个衣柜，这就是属于他的全部家具了。在这样的小房间里，这些孩子每天都会坚持练两个小时的小提琴，音乐改变了他们的性格，而能够一直练琴是他们的梦想，也是他们如今能够开心生活的一个支点。

在里约，可以享受到真正的无拘无束，在海滩、咖啡馆、商场，你会看到光着脚的顾客走来走去，甚至大街上随处都是穿着人字拖鞋的行人，这让我们每次出门都要穿着笔挺的思维受到了不小的冲击。恐怕在世界上也只有在里约的高级酒店，你可以大摇大摆地光着上身穿着沙滩裤潇洒地走进去，而不用担心一脸庄严的侍者拦住你。由此看来，里约可能是全世界最不适合西装革履的大城市。

在2016年里约奥运会开幕式的那天晚上，里约大街小巷的各个小酒吧挤满了人，在各个国家运动员代表队入场时，来自不同国家人们的欢呼声此起彼伏。而里约人更加格外的兴奋，他们对于自己国家的自豪感，在那一刻的狂欢中，也许并不需要任何的语言来表达。

忽略了现在,更忽略了过去

这里只有巴西人

圣保罗是我们2016年巴西之行的第一站。我曾在一篇文章中看到对于圣保罗这样的描述:在圣保罗国际机场,一下飞机你就会看到醒目的标语,这里没有黑人、白人、黄种人,这里只有巴西人。圣保罗是巴西移民最多的城市,德国人、日本人、华人等移民几乎占到了圣保罗人口的1/5,甚至在这里还形成了日本街、华人街以及德国人聚集的街头,而这些街区也见证了有关巴西移民的历史。

在我们到达圣保罗之后,接待我们的向导竟然说着一口标准的北京话,当然,他还可以说流利的葡萄牙语,毫无疑问,他是一个华裔移民。从与他的聊天当中我们得知,身为北京人的他在 13 岁的时候就同父母一起移民到了巴西，并一直生活在此，一晃 30 多年过去，对于中国文化，他仍然以自己的方式坚持着，而且说起北京，仍会有掩盖不住的思念。他每年都要坚持回北京一到两次，因为他在心里，北京才是自己的根。

在巴西有这样一种笼统的说法：巴西是移民来的国家，而现实似乎也的确如此。巴西是南美洲最大的国家，也是一个由多种移民所构成的国度。自从 1500 年 4 月 22 日葡萄牙航海家佩德罗·卡布拉尔意外发现并登上这块辽阔的南美大陆后，巴西在历史上就一直经历着各个国家移民的到来。在 16 世纪，葡萄牙人考虑到西班牙等殖民者会前来争抢他们已经拥有的巴西大陆，便大肆鼓励国内的人移民巴西。而在葡萄牙人对巴西进行殖民的过程里，他们从非洲运送大量黑人奴隶到巴西，使他们在甘蔗园进行着没有自由的劳作。19 世纪末，奴隶制在巴西被废除，那些从非洲被贩卖而来的黑人奴隶获得了人身自由，然而巴西所面临的一个新问题则是农业劳动力出现了不足的情况。随后，巴西希望当时中国的清政府能够同意让一部分中国人向巴西移民，但清政府没有答应。不过巴西人很快说服了意大

万事尽头，
终将如意

利和日本，他们同意派移民到巴西来帮助巴西开发农业。到了20世纪，德国人、阿拉伯人、韩国人、中国人陆续移民来到了巴西，让这个国家与民族的移民逐渐呈现出更加多元的趋势，文化上也更加丰富起来。

移民的天堂

在圣保罗，并没有因为某个人是什么肤色，来自于哪里而被区别对待，各国的移民者都有相似的苦难经历，因此在巴西的外来移民基本上能够做到平安相处。巴西法律禁止各种种族歧视的行为，巴西很少发生种族排外性的社会骚乱和明显的种族歧视，许多来到巴西的移民都把这里称为他们的天堂。

巴西的移民文化，其根源就要从圣保罗说起。在圣保罗专门有一个移民博物馆，那里记录了关于巴西，关于圣保罗的移民历史。根据博物馆馆长的介绍，巴西最早的移民就是从圣保罗开始的。这座圣保罗移民博物馆已经存在了130多年，最初这里是为移民者提供落脚的地方，并为他们安排住宿、饮食、看病，甚至后来开始对于移民者进

1500年4月22日，佩德罗·卡布拉尔发现巴西大陆

圣保罗移民博物馆

行能力方面的培训，让他们拥有技能，在建设这座城市的时候更愿意留下来。从 19 世纪末到 20 世纪，这里接收了共计超过 70 多个国家和民族超过 200 万的移民，直到 20 世纪 90 年代，它才成为了公众看到的这座博物馆。而将它简称为博物馆，就是为了讲述这段移民者的历史。

虽然葡萄牙人于 16 世纪最早进入巴西，但是就这个博物馆而言，第一个被记载的却是一位在 1896 年进入巴西的德国人，之后是意大利人。他们乘船而来，上岸休息一个星期之后就进入咖啡庄园开始工作。这座博物馆不仅见证了圣保罗的城市发展，也记录了最早的建设者，而在这里学习历史的博物馆馆长眼中，移民问题是一个全人类的问题，历史上的人类曾不断地移民，而且就巴西来说，移民对劳动力的发展和民族文化的多样性起到很大作用。

然而随着劳动力的增长和经济的发展，如今大规模且有组织的移民已经不多见了，而且会受到政策的限制，之前的政策鼓励移民，但是如今的情况已经不一样了，而且巴西国内不同的人也有不同看法。但无论怎样来看，巴西就是一个这样融合而来的国家。

如今这位博物馆馆长的家庭也是分为两支血脉，一支来源于身为意大利人的母亲，另一支来源于身为西班牙人的父亲。而她作为如今生活在巴西的巴西人，血脉里流淌着的是两国交融的血液。根据她回忆，她的爷爷奶奶移民到巴西时正是鼓励移民的时代，但是在早期，巴西对外来者还是会有歧视和偏见，不过由于当时的政治和经济的需要，移民者也逐渐融入了巴西的社会当中。

亚洲面孔

圣保罗人口数量最多的移民是日本人，我们特意来到东方街，感受巴西当地的日本文化。不长的一个街区，最有特征的要说街边的莲花路灯，这是日本天皇所赠送的物品，极具日本特色。在一些商店门口可以看到具有日本特征的招财猫标识，这是非常明显的日本元素。圣保罗有不少日本人经营的商铺，日本小零食店，日本餐厅，甚至还有日本书店，恐怕在这里都能让日本人体验到在海外有家的感觉。他们大多都表示自己虽然住在巴西，但是还是愿意保留一些日本文化在身上，在家里自己亲手做一些日本特色食物，用筷子吃一顿饭，这些都是他们怀念家乡的方

圣保罗著名的25街

式。事实上，虽然这些小店的老板是日本人，但是长期经营照看店铺的却有可能是韩国人，甚至是黑人。这里不分肤色与种族，这里只有巴西人。

圣保罗是华人聚集最多的城市，在飞往圣保罗的飞机上，我们结实了一对从江西来的老夫妇，他们到圣保罗是为了看儿子。他们的儿子在大学毕业后就决定来到巴西，并打算闯荡出一条属于自己的路，如今已经在圣保罗结婚生子。这对老夫妇每年都会来巴西长期居住一段时间，但是从没有想过要将自己的国籍更改。他们说儿子已经27岁，在圣保罗做些小生意，主要经营着电子小商品的买卖，前几年的时候市场环境不错，收入不少，而近些年却有些吃力。在他们的儿子眼中，圣保罗是见证了自己创业的地方，坚持是自己唯一的选择。

圣保罗最具特色的华人聚集地就是25街，然而这条街上的治安却在圣保罗臭名昭著，不少当地的帮派分子会公然抢劫商铺，大街上的偷盗更是家常便饭。这条狭长的街道虽然全程只有2.5公里，但是街边的商铺竟然多达近4000多家，而其中的3000多家都是华人经营的商铺。他们卖些电子产品、自拍杆、小饰品、箱包皮具，还有一些具有中国特色的服饰。这些店铺就组成了巴西最大的小商品集散地，并且这里的商品大多都是中国制造。这里的一家经营小饰品的老板告诉我们，他店里经营的小饰品都是从浙江义乌进货到巴西的，从进货到货品达到巴西，大约要经过一个月的时间，中国的制造工业发达，由于商品精致而价格便宜，因此很受巴西当地人的喜爱。巴西近年来也有一些小饰品的加工，但是成本却要比从中国进口来的还要高，不仅款式不多，做工也相对粗糙，所以还是中国义乌的小商品在这里倍受青睐。不可否认的是，在巴西生活的华人，正是凭借着自己的聪明智慧与吃苦耐劳的精神，才能在这块陌生的土地上生存至今。生活在圣保罗的华人就像是一个大家庭一样，彼此之间偶尔的聚会，让他们充满了他乡遇故知的感觉。

近些年来，巴西的华人除了做小生意以外，也有人开始走入了这个国家的政坛。威廉巫是巴西历史上第一位华裔国会议员，虽然出生在巴西，但他更喜欢中国文化。他最关注的问题就是在巴西的华人如何能够得到更好的生存与发展，面对25街，他也深表忧虑，一方面是治安的问题，另一方面还有那些中国商户的发展问题。此外，华人的文化、住房、医疗、就业、教育等问题也都是他所关注的焦点所在。

圣保罗的建筑与街景，跟一些国际大都市比起来并没有太大的差异。不过这里也聚集了巴西的大多数工业企业，厂房的增长，经济的飞速发展，几乎统治了全国的商业活动，但这里也是巴西全国污染最为严重的城市。圣保罗是一个面向未来的城市，这座城市的发展速度之快，让人们忽略了现在，更忽略了过去，除了大教堂等一些具有代表性的历史建筑外，这里其他的历史痕迹少之又少，几乎都被新建的高楼大厦所取代了。很多时候，人们会觉得这里是一个建筑工地，到处都在新建高楼，向外扩张着城市，而城市中心的商业区域，也在经历着改造。

生活在圣保罗的人们行色匆匆，脸上写满了紧张，快节奏已经成为这座城市的标签，这里并非一座享乐的城市。生活在这里的人们也许少了一些娱乐，更多的时间则是被工作填满了，但不能否认的是，圣保罗的确比巴西其他城市的发展速度更快，现代化程度也更高，或许这就是这座城市的性格。

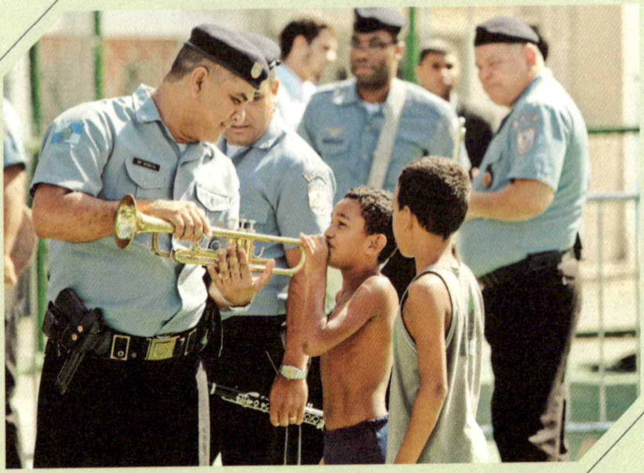

肆

一半是海水，一半是火焰

想象中的危险
风景与疮疤，真实的存在
一切都还来得及

想象中的危险

上帝之城

2002年,一部名叫《上帝之城》的电影横扫巴西本土票房,并获得四项奥斯卡提名,当影片最后打出根据真实故事改编的字幕时,里约热内卢甚至整个巴西就此被深深地贴上了贫民区的标签。然而不可否认的是,贫民区的确也是巴西的社会问题之所在。对于没有去过巴西贫民区的人们来说,对那里可以说是充满了想象。在大多数人的印象当中,毒贩、黑帮、打斗、枪战,这些在我们常人看来只有在电影中才会存在的场景,或许就在巴西的贫民区中真实地存在着。这个距离我们陌生且遥远的地方,真的如此暴力与危险吗?答案或许并非那么简单。

贫民区在当地被称为 Favela，这个词本来的意思是生命力很强的灌木丛。这个在葡语中略带贬义色彩的词语，恰如其分地代表着贫民区这种野蛮生长的状态。

1807 年拿破仑攻陷葡萄牙后，葡萄牙国王约翰六世率领皇室成员逃亡巴西里约热内卢避难，在他们踏上这片土地的同时，也带来了 100 多万的黑人奴隶。1888 年，伊莎蓓尔公主签署解放黑奴的"黄金令"，由于被解放的黑人原来大多从事着服务皇室的工作，于是他们就在当年工作地点附近的无主土地上扎堆建起小木屋继续生活。里约热内卢是一个依山傍海的城市，能够让黑人们节省时间与路程的地点恰恰就是在他们生活的山上，这样的聚居群落便是最初巴西贫民区的雏形。

到了 20 世纪下半叶，巴西创造了多年经济增长速度超越 10% 的奇迹，由于里约这座城市还是巴西当时的首都，因此巴西东北部的人们纷纷涌入这里寻求工作机会。然而里约的公共设施配套速度无法追赶上当时急速的城镇化进程，贫民区就这样毫无规划，更无蓝图可言地野蛮生长起来。这就不难理解为什么里约的贫民区是世界上人口密度最高的地方。

> 万事尽头，
> 终将如意

事实上，这里的大部分住户都是餐厅服务员、清洁工、海滩小贩等普通巴西人，而真正让贫民区"臭名昭著"的，是由于政府疏于管理，趁虚而入的帮派分子，正是他们使得贫民区和嫖娼、毒贩、枪战等词语关联了起来。

最艰难的第一次

位于山坡上层层叠叠的小房子构成了贫民区最为基础的建筑，随着太阳落山，这些小房子又变成了融入夜色之中的星星点点。而暴力和危险，似乎都深埋于这片宁静的美丽之中。为了拍摄巴西贫民区的节目，我们准备带着关于贫民区的各种想象走进那里。然而就在进行拍摄计划的前两天，我们跟巴西的司机商量，希望他能把

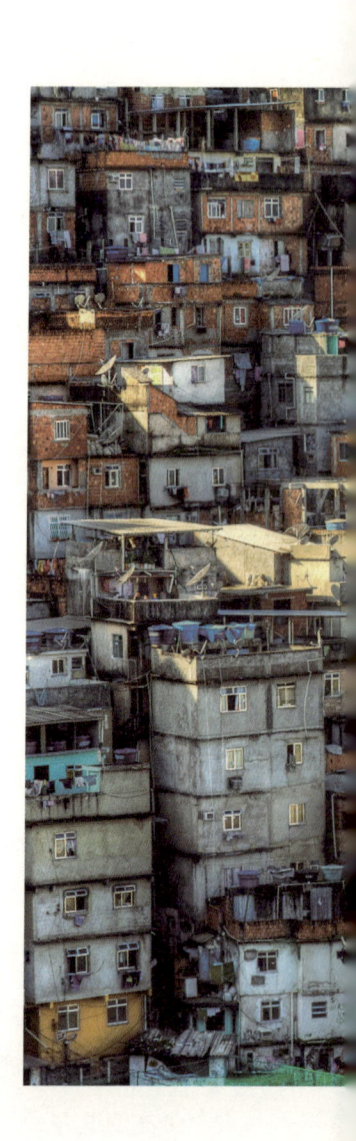

贫民区在巴西当地被称为 Favela

万事尽头,终将如意

车开进罗西尼亚贫民区,以防我们徒步走进去会遇到不安全状况时,对于我们的要求,他给予了没有任何商量余地的拒绝。

虽然司机在巴西算是低收入人群,但即使我们提出付他双倍工资的条件,他却仍然丝毫不为所动。他一再向我们表示,他只能把车开到贫民区门口,这是他的工作,除此之外的要求他无法做到。就连里约当地人都对贫民区唯恐避之不及,这样的态势不得不引起我们的担心。

我觉得任何事情的第一次都是最不容易的,我想很多人可能跟我一样,都听了太多关于里约贫民区的传说,在电影、新闻当中也都看到了各种各样与贫民区有关的故事,所以在去之前的时候,心里一定是又想去,又怕去,等到真的决定要去了,兴奋的同时又有点畏惧。这种感觉真有点儿像咱们那句俗话,不怕上门,就怕惦记。这个时候最可怕的不是说走进了贫民区,而是在去之前的时候,周围人的那种同情安慰的眼光。他们一听说要去贫民区,心里难免都会抖一下,连忙问干吗要去那里啊?

我们这个摄制组前后去了八次贫民区,但是第一次去是最难的。在第一次去贫民区之前,那天中午吃饭的时候,真有点"风萧萧兮易水寒"的感觉,大家连说话都变得很少了。当天总共要进去四个人,甚至已经有了党员领导先去、结婚了的同事先去这样一种打算,但是当我们真的走进了贫民区,那种感觉反而慢慢消失了。

我们每次去那里都会有熟悉贫民区的人带着我们,他在跟贫民区里面的熟人打招呼的时候,我们自己的紧张感也慢慢地消退了。而且真正进入贫民区以后我们才发现,原来这里也有商店,有理发店,有小卖部,有餐厅,你会看到各式各样的人,而且绝大多数的人都非常善良,所以我对贫民区的第一感觉的确很微妙。自打第一次进入了贫民区之后,我的心一下子就落地了。

风景与疮疤，真实的存在

和谐与平静

到了里约之后，就一定会感慨这里的景色真是漂亮。站在贫民区的最顶端，前方是一片无敌海景，往下看去，就是我们一路走上来的贫民区的面貌。我们在国内听到依山傍海这个词的时候，都知道这是一些高档小区的广告语，但是到了里约之后则会发现，傍海是指这里的一些贫民区的地理位置，而且还真是很不错；依山则是说它的建筑模式，一家又一家的房子，一户一户沿着山就爬了上来。所以这样的一个贫民区，如果把它的名字翻译成汉语的话就叫垂直，在这样的路上开车是一件非常不容易的事情。

如今的里约有很多贫民区都已经陆续处于开放之中，

一半是海水，一半是火焰

它们变得更加安全，有很多的旅游者会到达这里。傍晚的战舞，孩子踢球的身影，很难想象这就是巴西一个普通贫民区里的日常生活。

我们在维迪加尔贫民区当地住户的带领下，走进他们日常生活的社区。没有想到的是，这里拥有着幼儿园、学校、理发店，甚至还有运动场，说实话，就连我们自己生活的社区里，也未见得能有这么大一个可以供人们活动的

维迪加尔贫民区的最顶端，前方是一片无敌海景

> 万事尽头，终将如意

空间。政府给这里的社区提供自来水，居民并不需要支付水电费，而且每户人家的屋顶还有政府筹建的水箱作为备用。在这里，虽然路并不好走，但垃圾车每周还是会来三次。很多家庭的生活条件相比巴西的中产阶级还是有着不小的差距，但是作为生活在这里的人们来说，他们更愿意享受社区里相对稳定的一切。

我们之所以深入这个贫民区，主要目的是要拜访电影《上帝之城》中少年阿炮的扮演者奥塔卫奥。电影里的那个孩子不知道自己长大之后会做什么，但是14年之后现实中的他却已在音乐圈小有名气。

虽然当年电影中的大多数人在后来并没有再次成为镜头前的演员，但他们当中的很多人成为幕后工作者，或从事艺术方面的职业，他们有人做了灯光师、摄影师、服装师等。包括奥塔卫奥在内，当年电影里有三个演员一起加入了一个叫作"里约人黑色素"的乐队。黑色素代表着他们的肤色，这是他们的标签。

奥塔卫奥童年生活中的小伙伴，如今有不少人仍然从事着在海滩卖椰子、清洁工等社会底层工作，甚至有的人因为涉毒已经离开了这个世界。虽然电影让奥塔卫奥的人生轨迹发生了改变，但他还是选择一直居住在贫民区。

奥塔卫奥带着巴西人一贯的开朗与热情，邀请我们到他家小坐片刻。他的家是简单的两室一厅，奥塔卫奥常会和几位同样玩音乐的朋友聚在客厅里弹唱。走进卧室，我们才真正体会到无敌海景房的样子，落地窗外正对的是一片湛蓝的大海，由于他家住在山坡上，所以视野相当开阔，周围没有商业建筑的遮挡，也没有穿梭如织的路人，比起富人区的豪宅，他反而可以独享一片更为静谧而纯粹的海洋。

在维迪加尔贫民区里有一所音乐学校，奥塔卫奥的乐队曾经在这里学习，现在他们也会经常回来讲课或者排练。这地方以前处于战争状态，很暴力，在那段时间里，奥塔卫奥一直都没有经济上的条件，但后来情况好转了，这里慢慢地变得平静，他选择继续待在这里，也成为很多小孩的榜样。如今这所身在贫民区的音乐学校也正在试图改变这个地区很多孩子的命运，但最重要的前提是，周遭的环境能够长期保持稳定。

中午的时候，奥塔卫奥带我们去了贫民区山顶一家叫作LAJE的餐厅，走在路上，奥塔卫奥不时与周围的邻居热情地相互问候，如此和谐的邻里感情也是他更愿意留在这里居住的原因之一。在餐厅里，我们看到了不少外国游客一边欣赏海景一边吃饭，跟他们聊天的时候才发现，他们最初也都比较担心进入贫民区的安全问题，但是真正来了之后，发现这里似乎并没有传说中的可怕，而且风景远远超过了他们的期待。

吃饭对于巴西人来说就是一种享受，他们很难想象中国的白领匆匆应对一顿午餐的场面。奥塔卫奥带我们前来

电影《上帝之城》剧照

的这家餐厅已经经营了两年，如今客流量很大，在这里，我们见到了一位名叫奥斯卡的导游，他正在给奥运期间来这里观光的一个旅游团预订就餐座位。他身穿带有旅行社标志的衣服，手上拿的文件夹写满了旅行团的日程安排，看上去相当专业。他说自己以前都是给个人当导游，如今因为要开奥运会的缘故，才开始带旅游团来贫民区观光。也许正是出于对贫民区的好奇，才使得那里的观光旅游逐渐受到人们的欢迎。

比起电影里关于贫民区的画面，维迪加尔贫民区更像是巴西的"经济适用房"，而且比起我们现在渐渐疏远的邻里关系，这些在物质上并不富裕的社区反而拥有了一种可贵的财富。然而如此祥和的景象只是巴西贫民区的一个侧面，并非巴西所有的贫民区都能有这样的安定。

暴力与危险

在里约一个名叫巴比伦贫民区的入口，写着类似有困难找警察的标语，而横幅的落款是醒目的"UPP"三个字母，这是社区维和警察的缩写。从2008年起，当地政府就

万事尽头，
终将如意

先后出动军警，陆续从毒枭手中夺回贫民区的控制权，并设立社区维和警察所，常驻贫民区以维持治安。

巴比伦贫民区社区警察所的总指挥马丁介绍说，他手下有将近 200 人的警力，维护巴比伦和隔壁曼德拉两个贫民区的治安。这里 24 小时都有维和警察巡逻，但贫民区的警察巡逻大多要靠走路。除了一天来回三趟常规巡逻，他们还需要经常出警处理紧急情况。

有时候犯罪分子自己也会报警，他们通过报警把警察吸引到某个地方，他们对警察撒谎，明明知道那里什么都没有发生，故意把警力转移，然后他们好在另外的地方做不法的事情。

巴比伦贫民区山顶的警察所是个五层小楼，包括会议室、办公室、武器仓库还有厨房和休息室，2009 年前，当他们还没有进驻的时候，警察往往采取定期的清剿行动，但打了就走的模式，往往是以巨大的死伤作为行为代价。

警察来搜查，抓走毒贩子，缴获武器，杀死犯罪分子，但有时也会有警察殉职。行动结束一周后，新的武器又会运来，贩毒团伙又选出新的头领，警察又来搜缴，这样的周旋永远没有尽头。想要根除问题，警察就必须驻扎在这里。

而维和警察进驻之后,他们和居民的相处也并非一派祥和,就在我们采访当天,警方在另一个贫民区的一次行动中造成一名14岁的女孩被枪击致死,当地民众便焚烧垃圾以示抗议。但警察指挥官马丁也对这样的问题有着自己的看法:一些狂热分子会把责任推向警察,这就会引起反叛,一些人也会寻找其他社区来一起抵抗警察,这更加影响了警察的工作,使得社区治安恶化,警察更容易被激怒,在社区里警察是居民,唯一能看到的政府人员,所以居民会把愤怒发泄到他们身上。

社区维和警察对社区居民的安全保护虽说是强制性的,但他们也会通过一些针对孩子的文化体育课程,来拉近维和警察与社区公民的关系。类似这样的项目还有很多,巴比伦社区的宪兵和警察要想更好完成工作,就必须要融入社区,而这些课程和项目就是警察融入社区的第一步。

警察常驻在贫民区里面,当然是为了贫民区居民的安全,对于居住在贫民区的居民来说,安全绝对是他们最为基础的生存需求。

马累贫民区被称为里约最危险贫民区之一,警方把里

万事尽头，
终将如意

约的贫民区按照安全程度分为三个等级，绿色、黄色和红色，而马累就处于危险程度最高的红色等级。那里以时常出现的黑帮火并和警匪枪战而闻名，而居住于此的居民似乎早已经习惯了榴弹横飞的场面，但同样也受到安全问题的困扰。

大卫是马累乐团的首席小提琴手，他刚刚参加完乐团在里约军事博物馆的演出之后，带我们回到他位于马累贫民区的家中。一间不过五平方米的卧室，一张书桌，一个衣柜，以及一张铺在地上的床垫，这就是大卫的房间。

因为家庭暴力，大卫的母亲在离异后带着四个孩子搬家到马累贫民区居住，并在这里经营着一家理发店。虽然收入不多，但勉强能够维持生活。那里的房租大约800雷亚尔（1600元人民币左右）一个月，所以生活开销上会比里约市区便宜很多。大多数情况下，理发店的收入可以应付一家五口人维持生活，但有时候也需要借钱过日子，因为贫民区里一旦爆发枪战，理发店生意就会受到影响。

哈里达是大卫在马累乐团的同学，她家距离大卫家仅仅20米。哈里达同样生活在单亲家庭，她的母亲以做甜点为生，一家人在这里已经生活了近20年。对他们来说，

马累贫民区被称为里约最危险贫民区之一

这两个家庭不可避免地都在被同样的问题所困扰，那就是治安。

不仅如此，甚至就连我们在那里的采访也感染了前所未有的紧张气氛。

能够进入马累贫民区见到这里的另一面，得益于我们几经周折联系到了马累社区的一名社区领袖阿吉亚尔，他的日常工作是马累电台负责人，他不贩毒，但会跟毒贩打交道，是所谓的"社区中间派"。

我们通过中间人系上他，中间人三番五次叮嘱，只有在进入室内的环境下，才可以开机拍摄，路上甚至不能做

万事尽头，
终将如意

出掏出手机的动作。刚一进入马累贫民区，就看到了路口有武装分子抱着AK47，我们按当地的规矩取出摄像机的储存卡，一路上镜头朝后抵达了大卫家。听到武装分子一番对讲机通话后，大卫家窗外聚集了越来越多的手持自动武器四处游荡的武装力量。在大卫家采访的当天，我们获知第二天警方将再次清剿这一地区，届时是否会发生一场恶战也还未可知，在这里，危险是一件随时都会发生的事情。

马累社区领袖阿吉亚尔所工作的马累电台是一座不起眼的二层建筑，直播间在二楼。麦克风、调音台和轻松的直播节目，这样一个播音间看着很普通，但推开隔音门，子弹经过的痕迹暗示着这里隐藏的危险。在直播间对面的墙上，挂着一面巴西国旗，虽然只是一个社区电台，但这一面国旗的存在却让人肃然起敬。

他们为社区居民提供新闻和信息服务，也为居民发声，争取权利。然而，与一般媒体不同，同当地居民一样，电台要在帮派和政府的冲突中求得生存。在他眼里，警察带给他的只是失望，甚至他们也只不过是另一个帮派而已，因为他们无法从根本上解决贫民区的暴力问题。

阿吉亚尔在这个贫民区出生长大，他说自己儿时的伙伴,不少人长大以后都成了帮派分子,甚至是老大,他甚至还亲眼见到过他们当中的一些人在帮派冲突和清剿行动中身亡。阿吉亚尔目前是马累贫民区一个社会组织的负责人,主要就社区孩子的教育和健康做一些工作,在他看来贫民区暴力的真正根源,还在于贫困。

虽然贫民区里充斥着暴力和悲剧,但没有人生来就是土匪强盗。那些没有父母,也没有平等的教育机会的孩子,面对社会上的诱惑,内心产生不平衡,才会激发他们去贩卖武器和毒品。马累地区至今还未能设立社区维和警察所,不过在阿吉亚尔看来,社区维和警察不会真正地解决暴力问题,只能应付些表面的现象,而不能从根本上把问题消除。贫民区里一切问题的根源在于学校、健康、交通、住宅等方面,这些才是人们必须要解决的问题。

不过是生活

就在2016年我们讲述贫民区这一期节目播出的当天,可能是为了维护奥运会的安全,里约的警方再次对一个规模非常庞大的贫民区展开了行动,拘捕了15个犯罪嫌疑

> 万事尽头,
> 终将如意

人。在这样的行动过程中,又有一名警察受伤。其实当我们听到很多与贫民区紧密相关的负面新闻的时候,仔细一想倒也觉得正常,贫民区并不是里约一小块很显眼的伤疤,它就是里约生活的一部分。里约有 1/3 的人口,超过 200 万居住在 700 多个大大小小的贫民区当中,想不出问题才怪呢。

在这个贫民区里头,我记得看到最多的是坐在路边,完全没事做的人。我们上去的时候他在那坐着,下来的时

巡逻中的维和警察

候他还在那坐着，似乎在这里，最最富裕的就是时间。中国人会说无事生非，如果把这句话解读成另外一个含义，就是指一个人如果很久没事可干，可能就会生出是非。他要讨生活，他也要活着，类似贩毒、抢劫等事情，都是在这样的基础上所诞生出来的。

巴西人可能是比较善于自黑，他们的电影《上帝之城》其实反映的就是贫民区的生活。还有一首歌叫《赤道之南无罪恶》，巴西人自己唱的时候都是耸着肩唱，因为他们知道这是一种反讽的概念。所以有相当多的犯罪和我们对贫民区的了解，大家都会感到很畏惧，其实这畏惧的根源就来自于那些罪犯没有事做，可他们又要活着，于是警察自然就变成了他们的天敌。

不过我在里约有一个印象非常深的事情，我没有一次见到过一个警察在单独行动，我只要见到警察，保证都是一堆摩托车，一群警察共同行动，看样子他们也需要成群结队地互相壮胆。

一切都还来得及

学校才是避风港

在里约,有1/3的人口生活在大大小小不同的贫民区里面,这既是巴西长期存在的现实,也是巴西人必须面对的问题。他们需要考虑如何在承认现实的同时,尽最大的努力减少暴力带来的伤害,更重要的是,如何才能保证在这样的环境里面成长起来的孩子能够有一种健康的心态。或许,学校才是贫民区孩子们的避风港。

在里约最著名的耶稣山下,有一所以安哥拉首任总统名字命名的学校,内图总统综合教育中心。虽然它的名气不及耶稣山,但是它在改善贫民区孩子的教育问题上,有着重要的示范意义。在这里上学的孩子们就像寄宿在学校一样，有着非常全面的照顾，比如医疗保健（学校有牙医）、食物提供。

目前巴西的大多数小学仍然只上半天课，但这所学校是巴西较早实施全日制教学的学校之一，学校除了正规的课程外，还有手工制作、文化活动、体育培训，甚至还有学生自己种植的菜园、花卉等。

这所学校的校长名叫玛尔西亚，她的父亲和母亲都曾深受毒瘾折磨，这样的亲身经历让玛尔西亚知道父母吸毒的家庭到底是什么样子，所以她更容易理解那些父母吸毒的孩子。他们努力让那些吸毒的父母们能得到解脱，也帮助那些孩子们克服这道坎，他们希望学校能够成为孩子们的第二个家。

这所学校85%的孩子都来自拉美最大的罗西尼亚贫民区，与这个贫民区一桥之隔的便是位于里约半山腰的富人区，透过房子的颜色和格局，也能感觉到这里的生活一定很舒适。它与贫民区咫尺间的距离让我突然感觉到，也许我们用"贫民"这两个字可能是错的，不是贫穷的贫，而是平等的平。一座城市，既是有钱人的城市，也应该是没有钱人的城市，一座又一座的房子还在增多，我们当然期

贫民区里玩耍的孩子

待里约这个城市，能让所有的人在这里生活得更舒适一些，更要让生活在这里的孩子离毒品和暴力远一些。

《上帝之城》这部电影的导演就是这次里约奥运会开幕式的总导演，而在里约奥运会开幕式上一个相当重要的主背景，就是里约贫民区建筑的模式，巴西人还是选择了面对这个属于自己的社会问题。他们解决起这样的问题分为治标和治本，治标比如说警察去抓一些人，为了维持秩序而经常展开一些行动，但是更重要的还是治本。这一方面要去解决贫穷的问题，在巴西经济快速增长的同时，另一方面要通过体育、教育、艺术以及教育作为治本当中非常重要的因素。

在这其中，体育和艺术起到的作用非常大，《上帝之城》的导演在挑选演员的过程中，给他的合作者发了摄像机，然后让他们去拍摄，这些人大都是贫民区里的孩子，结果这批孩子慢慢地爱上了这种艺术，这就是一种改变。我觉得在巴西，教育一定会起到非常重要的作用，而且巴西的义务教育可是 12 年。

音乐能够改变一个人

马累贫民区是里约诸多贫民区中的一个，它目前仍被黑帮控制，而在黑暗之下，这里却有一个名为"明日之潮"的管弦乐团。乐团成员多是来自马累贫民区里的青少年，他们之所以会来到这里坐在一起，都是因为一个叫作卡洛斯·普拉泽里斯的人，他在创办这个乐团的同时，也是在继承父亲的一个梦想。

卡洛斯·普拉泽里斯的父亲是里约的一名音乐家，他

万事尽头，
终将如意

出生在一个贫穷的家庭，但是音乐改变了他的人生。父亲的梦想是创办一个不一样的乐团，他想把古典音乐、芭蕾和歌剧带进社区。然而不幸的是，在1999年，老普拉泽里斯被绑架，最后在里约遇害。这起案件至今未破，但警方推测，这很可能与马累贫民区有关。

卡洛斯尝试着延续父亲的梦想，没有让乐团停办。于是卡洛斯开始和马累贫民区打交道，虽然他相信杀害父亲的人就住在这里，但他最大心愿，却是有一天能把音乐教给那些毁了他父亲梦想的人的子孙们。

对于生活在贫民区里的年轻人来说，他们所能接触到的合法工作，比如清洁工、服务员，通常只能勉强维持生计，而毒贩和其他犯罪却能挣到比这高出几倍的钱。正是出于这种想法，这里的孩子们很容易被卷入恶性循环之中，枪支、毒品、暴力，很可能会成为他们日常生活的一部分。

卡洛斯的明日之潮管弦乐团从最初的40人发展到现在300多人，几乎每一个乐团成员的家人都跟贩毒有关，他们之中还包括了不少毒贩和帮派头目的孩子。乐团里有一个十七八岁的孩子，他的叔叔接下了毒贩头目的位置，如果他愿意跟着家人贩毒的话，一定会"干得很好"，因为他是叔叔绝对的亲信。事实上，他也的确是个很暴力的孩子，但是如今音乐改变了他的生活，他发现乐团是一个避风港，有一条值得他坚持走下去的路。

如果一个孩子去贩毒的话，每个月都可以赚到上千美金，而来到学校参加乐团，就意味着拒绝这巨大的诱惑。不出意料，最初卡洛斯的工作并不顺利，大多数的孩子在此之前从未接触过古典音乐，即使参加了乐团的孩子也时常会找各种借口开小差或溜走，于是卡洛斯邀请了一些音乐家加入他们的乐团，先想办法让孩子们爱上古典音乐，再从最基础的乐理开始讲述，渐渐地，当这些习惯了在街头踢球玩闹的孩子在乐团里真正安静下来，他们的音乐天赋也逐渐展现了出来。

对于马累贫民区的人来说，乐团演奏这个概念的确离他们的生活太远了，但是对于孩子们的改变，往往让他们的家人感到惊奇。甚至这些孩子也会走上舞台中央，被灯光照亮，经历过这些，他们在长大步入社会的时候，更加不会感到巨大的心理落差。

如今明日之潮管弦乐团已经在里约小有名气，每半年就会有两到三次正式演出，一些公益组织和政府机构举办的活动也常常会邀请他们到场演奏，有时乐团还会在当地的电视节目中亮相，有许多孩子在看到乐团里的同龄人的表演后纷纷加入乐团。那些孩子们坚持着音乐的梦想，他们在成为音乐家的道路上不断前行。卡洛斯希望开拓他们的眼界，从而让他们内心坚定，有条件与能力走得更远，做更伟大的事情。

没有一个贩毒希望自己的孩子也去贩毒，我深信不疑，音乐能够改变一个人。

不要用拳头来对话

57 岁的哈夫出生在富人区，作为"拳击教练"专业出身的他，虽然从没捧起过世界级的奖杯，但在我们看来，他正在做一件比获得奖牌更有意义的事情。

哈夫创办拳击学校已有 20 多年的时间，刚开始的时候，只有富人区的孩子才付得起这里的学费，但他发现上课的时候会有不少贫民区的孩子趴在窗外看，于是他就通过发奖学金的方式资助贫民区的孩子学习拳击。

后来哈夫索性将学校开在了贫民区，他租下一间坍塌

贫民区的涂鸦壁画

的车库，用了一年时间全部装修。在哈夫的背后，还有一大批热心人士支持着他所做的事情，有演员为哈夫支付场地租金，也有企业家为俱乐部捐款，帮他维持拳击俱乐部的日常运营。

　　来到贫民区，哈夫深切发觉孩子们在很多时候看到的都是毒品、暴力以及一系列阴暗的事情，他想通过一种以体育项目为核心的社会计划，让孩子们真实地看见这世上还存在着其他美好事物，让他们能够通过体育运动找到未来的出路，提升自己的的生活质量。

万事尽头，
终将如意

哈夫训练这里的孩子掌握拳击来"防身"，同时却也对孩子们灌输"不要用拳头来对话"的观念。除了拳击以外，这里的孩子还学会了纪律、尊重和教养，当社会给他们呈现出并不美好的一面时，孩子们的纯真则显得格外弥足珍贵。

哈夫的拳击俱乐部里还专门为15个极具天赋的孩子提供专业课程，在他的俱乐部中有一个7岁的小男孩加布里埃尔，他是左撇子，尤其擅长在比赛中以一记勾拳制胜。加布里埃尔的父母都是餐厅服务员，家中兄弟姐妹众多，正因为得到了专业的训练和资助，他才得以在巴西全国的拳击比赛中屡屡崭露头角。

帮助一个有天赋的孩子走上适合他的职业道路，不让一个天才埋没在人群中，这才是巴西真正强大的群众基础，也才长起了巴西体育强国的参天大树。

在巴西，不少孩子都希望通过被球探发现，或是参演一部电影、参加狂欢节选秀这样的办法一举改变自己的命运，但是这样的概率几乎和中彩票无异。在中国，一些孩子指望着高考改变自己的命运；而在巴西，或许他们可以指望的办法只有这些。

巴西的贫民区虽然发端于黑奴解放时期，但真正形成规模则是在大量贫苦农民进城之后的快速城市化的过程中。虽然国情相去甚远，但对于目前正处在快速城市化过程中的我们来说，巴西贫民区那些少年的命运，难免会让人联想到一些发生在我们身边的类似的负面事件，以及我们正在经历的农村留守儿童问题。那些由于父母外出打工而与老人留守在农村的儿童，他们所面临的问题自然不言而喻，而另外的一些留守儿童如今来到打工的父母身边，却难以融入城市。他们在家失学，进城却又退学，父母无暇顾及一切，他们心怀梦想却终日无所事事，身处都市却又与繁华咫尺天涯。

对巴西来说，贫民区的问题并非一天所造成，当然也绝非一朝一夕可以改变。而对中国来说，面对类似的社会问题，也许最幸运的是，如果从现在开始做起，一切都还来得及。

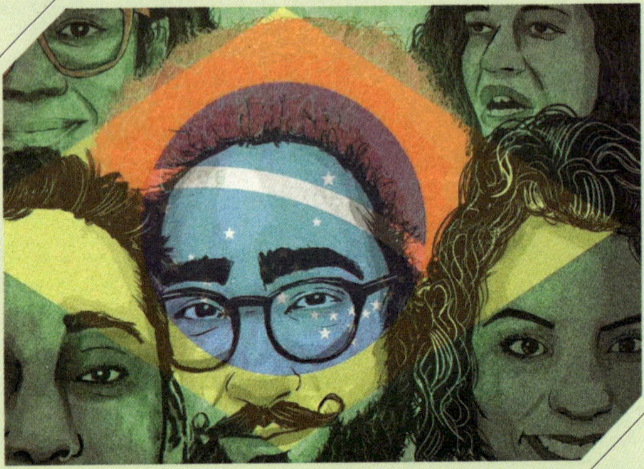

伍

文化乱炖，肤色混搭

一个国家的诞生
流淌在血液里的文化风情
舞！舞！舞！
强调平等，是因为歧视无处不在

一个国家的诞生

时间的旅程

巴西是一个热情的国家，就连国旗上的色彩也有着与众不同的艳丽。国旗上的绿色代表着广阔的土地，黄色代表着它所蕴藏的巨大的资源，蓝色代表着1822年独立时候的星空图，而星空图的中间，则是这个国家的座右铭：秩序与进步。

最初的南美大陆并没有巴西这个国家，在海水不断的冲击之下，时间在这块大陆上开始了它漫长的旅程。这里有沉睡的土地，但并不沉默，水，空气，土地，让这里开始出现了最原始的生命。虽然这块大陆上最初的主人只是微生物，它们不会言语，没有思想，但它们依然是这里的主人。而爬行动物与昆虫，在这块土地上扮演主人的角色时间更长。生命总是一步一步缓慢地向前行走，时间从来没有凝固过。

亚马孙的热带雨林是世界上最大的花园，当然，巴西人认为现在他们的国家就是世界上最大的花园。现在的亚马孙雨林拥有着250万种昆虫，上万种植物，2000种鸟类。它的面积达到了2700万平方公里，而这其中60%的面积都在巴西。热带雨林在时间的长河中慢慢形成了，这是世界的肺。

不知从什么时候起，热带雨林当中出现了印第安人的身影，当初生活在这块土地上的印第安人不事农耕，不做农活，他们裸体，采集木薯和树上的果子当食物，但是他们更愿意干的活是渔猎，弄些水产品来吃。只可惜当时的他们并没有文字，因此他们在这块土地上的生活没有被记录下来。现在在巴西，还有接近90万的印第安人，分属在300多个部落里，使用270多种语言。他们是这块大陆最初也是最早的主人之一。

万事尽头,终将如意

我从远方而来

隐隐地,似乎远处传来了异样的声音。1500 年 4 月 22 日,当时的葡萄牙航海家来到了南美大陆,来到了巴西,他们的领头人叫佩德罗·卡布拉尔,其实这位航海家当时本来要去的地方是印度,但是误打误撞地来到了这块大陆。

这是一个完全让他们感觉陌生的土地,巴西的名字是葡萄牙语炭火的意思,葡萄牙人最初在这块土地上看到巴西木炭火一样的颜色,后来成了这个国家的名字。从此,巴西的历史开始被书写,至今 522 年。

印第安人好奇地看着远方的来者,而远方的来者似乎有些恐惧,是啊,你并不是这块土地的主人。然而航海者很快发现了这块土地的丰

文化乱炖，肤色混搭

印第安人好奇地看着远方的来者

万事尽头,终将如意

富,从此这里不仅有巴西木,他们还移植来了甘蔗,使这块土地一跃成为世界上最大的甘蔗生产国。但是种植甘蔗的劳动力上哪里去寻找呢?这个时候,殖民者觉得不能仅仅靠不事农耕的印第安人,热带雨林开始出现了某种崩塌的痕迹。

遥远的黑人奴隶从非洲坐船经过漫长的旅程开始向这块陌生的大陆挺进,奴隶制在巴西实行了将近400年,这些曾经的黑人奴隶不仅是很好的劳动力,而且更加奇异的是,他们对热带具有很强的免疫力。但是他们依然拥有着双重的束缚,身体上并不自由,而作为奴隶的存在,也被迫着为这块土地和殖民者创造着财富。但是,他们终将成为这块土地的主人。

人类经过的地方,土地开始更多地出现。巴西一直是一个农业大国,甘蔗、橡胶、烟草、咖啡,巴西为人类提供着源源不断的土地上的产品,再后来,来到这块土地上的非洲黑人的数量甚至超过了原住民。在最后的时间里,奴隶制不断遭受世界的抨击,也使这块土地发生了更大的变化。直至1888年,在美国废除奴隶制25年之后,巴西也废除了奴隶制,从非洲来的黑人终于成了这块土地真正的主人，但这块土地并不是由一种颜色构成的。

拥有西亚风情的人们从阿拉伯世界而来，他们可能是黎巴嫩人，也可能是叙利亚人。他们最初都带着箱子来，因为他们擅长贸易，很快使贸易成为在这块土地上流行开来的一项事业。同时他们愿意传递信息，对于这块过于辽阔的土地来说，信息的传递，不管是八卦还是小道消息，都使远方的人可以互相牵连，他们为信息的传递扮演了重要的推动作用。

亚洲人最早来到这块土地其实是在接近200年前，是从澳门来的中国湖北籍茶农。他们在这里种茶，甚至为巴西的葡语留下了"中国人是耐心"这样的好词，甚至就连现在巴西的葡语里好生意的意思依然是与中国人打交道。后来巴西希望清政府能够向他们的国家移民，但是清政府并没有同意。1908年，日本的第一批由780多人，100多个家庭构成的移民来到了巴西，到现在为止，经过了100多年，日本的移民及其后裔已经接近200万人，成为在日本本土以外日本人居住数量最多的一个国度。他们很多人在这里种菜、卖菜，菜农是很多人的职业。当然，在这个过程中，欧洲人，比如说意大利人，德国人也陆续到达。

> 万事尽头，
> 终将如意

到现在为止，巴西的意大利移民数量也是在意大利本土之外最大的。

拆掉隔绝的墙

热带雨林被越来越多的土地所占有，他们创造了甘蔗世界第一产量、咖啡世界第一产量的奇迹。这一甜一苦，太像这个国家的历史，但是如果融合得好，最终还是甜。就像今天的巴西，这块土地呈现出来的是农耕的状态，但又何尝不是今天巴西人肤色的多样性。有人说在里约这座城市，一个小时所看到的肤色的不同，在其他的城市，你一年都看不到。那得看是哪个城市了，可能有的城市三年都看不到这么多的肤色。要知道，在葡语里有160多个词都是关于肤色的描写。

农业是这个国家的立身之本，但是人多了，他们就会慢慢地构建城市。现在巴西的城市率已经接近80%。在里约奥运会开幕式上，场上的演员用巴西年轻人极其酷爱的跑酷的艺术形式来展现城市的生长。如今在巴西的街头、海滩、贫民区，到处都可以看到在练习跑酷的年轻人，其

里约热内卢著名的耶稣像

实跑酷最早是100多年前法国的一个军官发明的，这是面对压力，面对危险时，来对抗的一种力量。

里约这座城市是在山海之间建成的，很多的建筑都是顺山而上，形成立体的局面。在里约有200万人居住在超过700个贫民区里，大部分贫民区都是顺山错落而建的样子。巴西的贫民区其实就是未经规划的社区，任何一个巴西人在一块土地上建了房子，如果五年之内没有人来找你说这块土地是我的，好吧，房子从此就归你了，于是这也

万事尽头，终将如意

是促成很多贫民区形成的重要原因。或许我们把贫困的贫改成平等的平，才更加能够准确地反映里约贫民区的特色。这里是很多艺术的诞生之地，也有很多体育和艺术界的名人是从里约的贫民区里走出来的。

人们在建造自己家园的同时，其实也在慢慢形成一种隔绝，有形或无形的墙总是在慢慢生长。有什么力量能够拆除这样的墙，让人和人之间能够更贴近一些呢？人建起了墙，还应该是人慢慢地学会把它拆掉，否则你将什么也看不到。

飞机是不是一种拆墙的方式呢？14BIS，这是巴西人杜蒙在1906年试飞飞机的机型，我们可能都认为是美国的莱特兄弟在1903年发明了飞机，但是巴西人认为：不，是巴西人发明了它，因为1906年的这次试飞是公开的试飞，并且把全部的资料捐给了世界，而莱特兄弟的试飞是不公开的，谁知道他有没有用动力装置呢？为了纪念杜蒙对于飞机的发明，后来他的头像被印在了巴西的钞票上。

如今巴西这架飞机开始起飞了，带着所有巴西人的巴西梦，飞向更为宽阔的国际舞台，飞向更高更远的地方。

流淌在血液里的文化风情

多元与融合

来到里约海滩，一个很重要的任务就是看人，当然不仅仅是美女了。为什么会有这样的一个想法呢？因为奥地利著名作家茨威格在他的那本书《巴西：未来之国》里说过这样的一句话：在里约这个城市里头，一个小时你看到的肤色的复杂和多样性，比你在其他的城市一年看到的可能都多。到了里约才几天，我就对他的这句话特别认同。

巴西人都喜欢称自己的国家是"种族民主"的国家，并且在不断地兜售这个概念，在茨威格看来，巴西几乎是公认的宽容和友好的象征，然而这一切的友好和宽容，还是源于这里的移民文化，多元的移民带来了不同的文化

> 万事尽头，
> 终将如意

元素。

　　近年来，随着巴西经济上极大的潜质，越来越多的人选择前往巴西居住或者工作，巴西人口的多元化也因此越加凸显，巴西土著居民，非洲安哥拉和尼日利亚的黑人后裔，葡萄牙人、德国人、波兰人、日本人、韩国人、中国人……这些来自不同国家和地区的人们共同构成了今天的巴西，正是因为移民的多元化，巴西人更善于接受拥有不

巴西的嘉年华是多元文化标志

文化乱炖，肤色混搭

同习俗的外国人，并可以非常友好地与之相处。

行走在巴西的几个主要城市里，身边经过的是不同肤色、不同发色，甚至眼球的颜色也不相同的人，他们来自于不同的国家，甚至他们的祖辈就已来到巴西，而今他们更乐于被人称作巴西人。

在圣保罗的25街，我们有幸结实了一位黑色皮肤的姑娘，当年23岁的卡米拉，从她的头发带有一些卷卷的样子

圣保罗繁华的25街

就可以看出，她是有着印第安血统的巴西姑娘。她的整个家族目前都生活在巴西，奶奶和妈妈都是巴西的土著居民，爷爷是葡萄牙人，父亲则是波兰人。虽然她在巴西生活，但是自己非常喜欢中国以及中国文化，平时的时间，自己还在中文学习班学习汉语，身边的朋友也有很多生活在巴西的华人。

卡米拉在25街做些小买卖，主要经营手机壳、自拍杆、耳机等手机周边产品。最令她兴奋的是，她今年结识了一个中国男孩，并在5月份结婚成家，真正成为一个中国媳妇。卡米拉说自己是在朋友的聚会上认识了现在的丈夫，让她感到幸运的是，自己喜欢中国文化，也能够遇到一个中国人作为一生的伴侣。他们在25街附近租了一间不大的房子，这不仅距离卡米拉工作的地方比较近，也居住着许多华人，可以让她接触到更多的中国文化。

她的丈夫小伍认为和卡米拉在一起是一种互补，也是文化的交流，自己的葡语不好可以跟妻子学习，妻子喜欢中文，现在也有了现成的老师。如今小伍在旅行社打工赚钱，他很想把父母接来巴西，也想为这个家庭增添新的家庭成员。然而现在25街的经济不景气，所以他认为在外面的公司找一份工作可能会更好一些，由于会说英语、葡语和中文，在巴西找一份工作还是比较容易的。而卡米拉一个人在25街看店铺，也是为了也能够多赚点钱。结婚后，卡米拉的名字后面加上了丈夫的姓氏，她还会不时下厨，为丈夫做一顿中国菜。

打破了国籍的限制，小伍每天都在学习葡语，而卡米拉也在主动学习中文。因为巴西距离中国的路途遥远，卡米拉只是通过网络视频见过了中国的公公婆婆，但是他们的婚礼，甚至是亲眼见到公公婆婆，都是在这个小家庭成立之前没有完成过的仪式。如今，能够去一趟中国，见到公公婆婆，是她最大的愿望。

关于他们的家庭，可能是非常典型的关于巴西社会多元化的体现，也在延续着巴西多元文化的融合，只是不知道他们的下一代是否会坚定地认为自己是巴西人呢？

国内也移民

移民不只是从一个国家换到另一个国家去生活，很多时候，它也是一种国内的流动。

移民也是一种国内的流动

　　奥古斯托的家位于巴西利亚南部的别墅区，他的家里有三个孩子，而他也是属于一个移民者。在1984年，奥古斯托离开家乡南大河州，只身来到巴西利亚。那一年，巴西利亚成为首都已经24年了，他从空军退伍后被分配到了巴西利亚工作，空旷的城市令只身一人的他没有任何亲切感。空旷与冷漠，是38年前巴西利亚带给奥古斯托最大的感受。

　　奥古斯托在巴西利亚最高法院工作的同时，都会选择在周末的时候回到自己的家乡，在周一的时候再来。巴西利亚这个新建的城市，基础设施需要完善的地方还有很多，并没有给这些外来者一个家的感觉。奥古斯托刚来到这里

巴西多元化移民的现状，与巴西的历史不无关系

的时候住过很多地方，甚至一度住在旅馆里，但是这么多年过去，这样的生活却给他提供了很多学习的机会，也让他成为一名高等法院的法律工作者。事实上，现在看来，奥古斯托还是很喜欢这座城市，这座新城给像他一样的年轻人提供了机遇。

奥古斯托在这里还收获了爱情，他妻子的父母虽是最普通的泥瓦匠，但把女儿教育得很好。他们的父母曾是这个城市的建造者，而他们现在仍在建设着巴西利亚这座城市。时年56岁的奥古斯托在高等法院工作，他的妻子也是公务员。在这个家庭里，有巴西利亚的建造者，也有发展者，如今他们都成了这个城市的居住者，他们更愿意称自己是巴西利亚人。

当下奥古斯都的三个孩子都在思考，这座"未来的城市"，会不会也有着属于自己的未来。面对以后会不会继续住在巴西利亚，三个孩子都有不同的答案，但是对于这座城市的喜爱，他们的回答却是一致的。

类似这样从外省移民到新城市居住的例子，还有居住在萨尔瓦多的蒂亚哥洛毕斯一家。这是一个庞大的家庭，在一张共有20多个人的家族合影中，我们明显看到了三种以上的不同肤色，这就是被誉为"世界种族熔炉"的巴西的最真实的体现。

37年前，蒂亚哥和妻子在一次朋友聚会上相识。对于黑色肤色的丈夫，妻子阿德玛丽亚贡萨尔维斯说，一开始只是被他的外表吸引，但在结婚之后，父母都很喜欢他的为人。妻子的祖辈从欧洲移民到巴西后，就一直生活在此，而丈夫的祖辈则是从非洲移民过来。对于丈夫的种族，妻子坦言，她从小的教育中就一直被告知，黑人和白人都是一样平等的。而在这个20多人的大家族中，妻子的姐姐，姨妈以及侄女，也都选择了与非裔巴西人结合并组成家庭。

文化乱炖，肤色混搭

新世界，新生活

在巴西，各种族之间的差距已经显得越来越模糊，巴西多元化移民的现状，与巴西的历史不无关系。随着葡萄牙殖民统治的开始和非洲奴隶的到达，在这里，当地印第安人、欧洲白人，还有非洲黑人开始了奇特的民族融合，再加上后来的其他民族，共同为巴西融入了更多的元素。虽然法国人与荷兰人在巴西短暂停留后就被殖民者葡萄牙人赶了出去，但是他们对巴西的一部分地区进行了临时性占领，尽管只是短暂的停留，却将他们的文化留下了印记，将其融入了巴西的多元文化当中。

巴西已有500年的历史，在岁月的长河中，这500年的时间看起来并不是那么久远，但在这不长的时期内，已经足够让巴西形成一种独特的文化风格。正是多元而成的包容与丰厚的移民文化积淀，让人们更多地看到了巴西人之间彼此的友好与热情，而巴西丰富多彩的移民文化也创造了绘画、电影、舞蹈、音乐等不同类型的艺术文化。

其他国家的人来到这片陌生的土地上时，带来了属于自己国度的文化风情以及生产技术，当他们持续生活在这

各种族的相互融合，丰富了巴西的多元文化

里，属于巴西的性格、规章制度、风土民情也融入了自己的生活中，并逐渐流淌在自己的血液里。这些人们自然地互相融合、和谐相处，他们通过许多的组织协会聚在一起，创建了典型性的社区甚至城镇，不断丰富着巴西的多元文化。

很多人都会问移民到巴西的人为何当初要选择移民到这里，他们当中的大多数人都会回答是巴西特有的精神吸引了他们，他们认为这里将会是属于他们的新世界，他们在这里开始崭新的生活，追求着快乐，爱情与未来。

舞！舞！舞！

激情桑巴

巴西的多元化不仅仅表现在巴西人的肤色上，还表现在各种各样的文化艺术形式上，比如说全世界都熟悉的桑巴舞就是其中的一种。在巴西，我们曾经听说过这样一句话："如果你不喜欢桑巴，那么你不是脑子有病，就是身体有残疾。"这话虽有些极端，却也能看出在这个国度，不管是男女老少，没有人不爱桑巴，也没有人不跳舞。然而许多人不知道的是，其实桑巴也是巴西种族融合的产物。

桑巴最初是由巴西巴伊亚州的黑人们发明的，那里曾是黑人奴隶种植园区域的所在地。在安哥拉和刚果的黑人语言中，桑巴意为祈祷，而按照黑人的传统，祈祷时需要

万事尽头，
终将如意

跳舞，更要有音乐。到1920年的时候，里约已经发展为人口超过百万的大都市，正是从巴伊亚州向南迁徙到这里的黑人在贫民区里把桑巴发扬光大，将其演变成了里约最重要的都市流行乐。

最初，里约的白人中产阶级对这种以强烈的节奏为灵魂，舞姿有些夸张的歌舞颇为抵触，但渐渐地，随着社区文化团体桑巴学校的诞生，桑巴迅速成为里约的特色，在狂欢节上大放光彩。

桑巴一词源于非洲安哥拉金彭杜语中的"森巴"，意指肚脐，它由非洲黑奴带进巴西，最早在巴西第一个首都、现东北部巴伊亚州的首府萨尔瓦多一带传播。桑巴舞是从圆圈舞和康加舞发展演变而来的，受黑人的舞蹈的影响。事实上，最早的桑巴舞就是在萨尔瓦多一带出现的，这是葡萄牙最早登陆巴西的地方之一，发达的种植业经济和采矿场让这里聚集了大量的黑奴。在每天繁重的劳动以后，黑奴会用这种舞蹈释放自己的情绪，苦中作乐。

然而也有说法是，桑巴是随着贩卖黑奴活动的兴起而开始向外传播的。葡萄牙殖民者统治巴西300多年期间，从安哥拉和非洲其他地区向巴西贩卖黑奴。在黑奴被集体

文化乱炖，肤色混搭

塞进船舱运往新发现的大陆时候，白人奴隶贩子担心路途遥远，黑人奴隶要在船上坚持十几天，这个过程中很可能缺乏活动，活力不强会卖不上好价格，所以就在甲板上敲打铁锅为伴奏，让这些黑人奴隶在甲板上跳舞，活动筋骨。这样，殖民者本想增强黑人奴隶这种特殊商品的竞争力的举动，却无意中让这种形式成为艺术表现形式。

在以后的几个世纪里，这种舞蹈逐渐吸收了来自于欧洲和古巴的舞蹈，并结合当地流行的舞蹈因素，形成了最终的桑巴舞形式。从萨尔瓦多开始，这种舞蹈被传播到里约热内卢，然后又开始在全国范围内流行。从沿海走向内地，从底层人民走向贵族阶层，从黑人走向白人，在这种舞蹈表现形式下，不分种族也不会分阶层。

20世纪60年代，主题桑巴出现一次革命，那些从未登上历史大雅之堂的人物也成为主题，包括民间崇拜偶像在内，有的则把贫民社区所关注的问题也搬上桑巴舞场。最初的桑巴舞游行在被称为桑巴摇篮的黑人聚居区十一广场举行。1984年，由巴西最著名的建筑师尼梅尔设计的里约热内卢桑巴舞场落成，从此，这里替代了最初的桑巴舞游行地点，成为吸引全球目光的巴西狂欢节桑巴舞游行的大

万事尽头，
终将如意

本营。

桑巴舞是反种族主义的，它会把所有的种族结合起来，混血儿、白人、黑人，等等。它是一个混合的产物，它自非洲，来到巴伊亚州，先是黑人跳，再是白人、混血儿跳，它集合了所有种族的人，是巴西特有的一种文化。

如今，桑巴舞学校在巴西各地蔚然成风，它已不仅是黑人文化的代表，更是巴西多元文化融合的一面旗帜。桑巴舞很快成为狂欢节上必不可少的盛宴，也逐渐成为狂欢节的代名词。在狂欢节上，各个桑巴舞学校会进行激烈的竞赛，所有的选手都来自于平民百姓，白天他们可能是超市的售货员、清洁工、白领、政府工作人员，但是到了晚上，到了桑巴舞学校，他们都成了这支桑巴舞队伍中的一员。他们全年都在刻苦排练，以掌握步伐和节奏，为的就是能在狂欢节上拿到名次，也就可能由此改变命运。

如今的桑巴舞，大多伴随着节奏鲜明、粗犷的音乐，主要由弦乐、打击乐和歌手共同完成。桑巴舞是一种集体性的交谊舞蹈，舞步简单，大幅度地活动身体，服装也更

里约热内卢的桑巴舞赛场

加讲究，女演员大多穿着色彩艳丽的拖地长裙，或在身体上涂上彩绘图案，再配上华丽的头饰，而舞者热情激动的舞姿足以令人震撼。

有人说，桑巴已经渗透进了巴西人的血液之中，这样的说法恐怕丝毫没有夸张的成分。桑巴几乎成了巴西的代名词，是象征着巴西激情和活力的民族符号。狂欢节如此激发了巴西人对于节日的想象力和热爱，除了音乐的韵律和节奏外，在桑巴舞的服饰上，巴西人也在下着功夫，用尽了自己的创造力。

战舞，战武

巴西一位非常著名的流行音乐的创作者若宾曾经自豪地说过这样的话："全世界只有三个国家的流行音乐可以一谈，那就是巴西、古巴和美国，剩下都是过眼云烟。"他对自己的音乐真是超级自豪。巴西的音乐舞蹈里充满着文化乱炖的色彩，桑巴从非洲传播而来，融合了古巴、西班牙、葡萄牙的艺术元素，而它的音乐甚至把肖邦的元素，把巴西原住民的一些鼓点，把非洲的音乐也融合到了一起。所以说，巴西的文化乱炖正是这个国家特有的一种融合。

与桑巴舞的起源相似，在巴西还有另外一种舞蹈，隐藏在如今城市的喧嚣之中。在萨尔瓦多的老城区，一个不起眼的小楼里聚集着一群身穿白色衣服的舞者，在音乐的韵律下他们翩翩起舞，这是来自安哥拉的战舞乐队。然而，他们的舞姿却不像桑巴舞那样柔美奔放。

柔软的肢体，点到为止的对弈，侧空翻、回旋踢和倒立等武术动作，在一根木棍加上一线铁丝弹出的节奏控制下，再辅以葫芦等组成的乐器作为共鸣，看似简单的巴西战舞，却饱含历史上西非奴隶对于命运不屈的抗争。

事实上，战舞也是在16世纪由巴西的非洲移民发展出来的介于艺术和武术之间的一种舞蹈，伴随着音乐，两个人开始起舞，所有的动作都具有武术的意味，这也被认为具有强烈的战斗用途。战舞介于舞蹈和武术之间，在舞蹈中增加了攻击力，让统治者看起来却更像是舞蹈，这也使得这样的舞蹈文化能够延续留存至今。然而这样的舞蹈还是被当时的政府封存了上百年，一直到1930年才被允许在民间吸收流传。

不能理解战舞精髓的外人，单从战舞的动作和表现形式上来看，或许会觉得毫无美感，因为这和传统舞蹈的美妙相差甚远。然而对于热爱这个舞蹈的人来说，其中的精髓却是外人所不能体会的。在巴西有这样一种说法，巴西球员之所以身手矫健，是因为从小都练习了战舞，协调性与柔韧性兼备，就连前空翻、后空翻也都不在话下。

在萨尔瓦多古老的街巷和广场，无时无处不在流淌着

万事尽头，
终将如意

黑人的各种传统文化。巴西的 Olodum 音乐文化组织会建立于萨尔瓦多佩落区，至今已经有 43 年历史，它是一个属于非裔巴西人的非政府组织，这个组织会最初的建立是为了音乐文化及狂欢节，但在此之后它具有了更多意义，也承担了更多工作来改善非裔巴西人的处境。为减少种族歧视，他们主要通过文化，通过音乐、戏剧、教育，来提高非裔巴西人的自尊。曾经迈克尔·杰克逊也在萨尔瓦多的广场上穿上带有 Olodum 标志的背心，唱了一首 *They Don't Really Care About Us*，呼吁种族间的平等对待。

在过去，黑人用各种艺术形式表达着对于歧视的抗议，而如今，他们仍通过艺术表的形式来呼吁种族平等。目前的巴西仍然会有种族歧视的问题存在，萨尔瓦多市政府受到各种运动、文化宣传，以及包括 Olodum 在内的其他许多社会组织的影响，制定并推行了许多法律，推动保护人民的平等权利。我相信，平等在任何一个国家和社会都是人们最基本的需求。

战舞表演

强调平等，
是因为歧视无所不在

逃不掉的潜规则

在巴西，很难用三言两语去概括巴西人的外貌特征，巴西曾经做过一次关于肤色的全国统计，统计结果竟然多达50多种。这些不同肤色的人们共同构成了现在的巴西，虽然肤色与种族不同，但是这里的种族关系并不紧张，几百年来混居与通婚已经成为看一种专属于巴西的文化。

与美国不同，在奴隶制度废除之后，巴西并没有将黑人送回非洲，也许是废除得晚，巴西的黑人奴隶大都留在巴西生活至今。据统计，目前巴西的黑人数量仅次于尼日利亚和美国。如果以黑人血统数量统计，巴西的黑人血统数量世界第二，仅次于尼日利亚，比其他非洲国家的黑人数量都要多。

绿黄蓝三色，虽是巴西国旗的主色调，但"黑色"却与巴西有着密不可分的关系。

在巴西的贫民区，不同种族的人混居在一起，在一些种族歧视现象比较严重的国家，不同种族的人互相很少交谈，但在巴西并不是这样。不过巴西的现实却是，从来不需要将这种排斥正式化，因为它本身就是社会潜规则的一部分，即使没有正式化，也会在现实当中有一些差距。不过尽管如此，近百年来的巴西的确从未发生过严重的种族冲突，对于一个多种族共存的国家来说，这已实属不易。

与很多国家相比，在巴西社会，影响巨大的种族歧视案例其实并不能算多，公众和政府对于种族平等的态度也非常明确，但这并不意味着巴西完全没有种族歧视现象的存在。2015年，巴西社交网站上曾经出现了大量侮辱黑人女主播朱丽叶的评论，于是当地的反种族歧视的社会组织联合起数家媒体公司，制定了惩罚方案。他们先定位了发表歧视评论的网友住址，然后将评论制成图文并茂的广告牌，放置在这些网友家附近的广告墙上，供周边居民观看。这样的惩罚或许会起到一定作用，但是令人担忧的是，很多隐形的不平等现象在巴西依然存在。

解决问题，从正视问题开始

巴伊亚州妇女政策局局长是一位黑皮肤的巴西人，说到种族问题的时候她对此深有体会。在她看来，巴西是一个种族主义弥漫的国家，存在着很浓烈的种族主义意识与党派文化，当一个人的肤色看起来比较黑的话，他就会遭受到更多的种族歧视。在 20 世纪七八十年代的时候，很多黑人高调地声称自己的皮肤是青铜色的，不是黑色的，那些敢于承认自己是黑人的巴西人特别少。现在却相反，几乎所有黑人都敢于面对事实了，在黑人运动的影响下，这是一个很大的进步。现在大学里的黑人多了起来，但是这还不够，政府还应投资更多，用于提高巴西黑人的整体素质。通常来说，在一些知名人物的影响下，人们更加能够认识到种族主义的存在，抗争也会更加激烈，由此一来，整个社会进步的可能性也就更大一些。

巴西女孩美莎

　　巴西的种族歧视现象目前并没有完全被消除，虽然宪法表明"法律面前人人平等"，但是实际上，社会意识与法律却是不同的。在巴西，对于黑人来说，想要在政治或权利组织中获得一席之地是相当困难的事情，也许在这些组织的基层部门还会看见一些黑人，但是在一些比较高级的部门组织里就很难再看见黑人的影子了。在巴西国会里，就像在欧洲国家的国会一样，绝大部分都是白人，因此经济权利也更多地掌握在白人手里。在巴西人口中，有超过两百万的阿拉伯人，他们要比当地的黑人和原住民更加容

157

易获得经济权利。不过巴西已经有了代表黑人权益的组织，也有代表妇女权益的组织，这些组织的成立都是为了推进国家的种族融合。

虽然在巴西很早就有了反种族歧视的相关法规，并于2001年在南非举办的联合国第三次反对种族主义世界大会上表决通过了《德班宣言》和《行动计划》，但是执行的进程却很缓慢，不能满足巴西黑人的需要。对于人与人之间的不平等，巴西的反种族歧视政策还是很少，直到卢拉和罗塞夫政府上台，才有了更多的反种族歧视政策来保证那些贫困人群和黑人的房租补贴和生活补助，大约有1500万人受益于此，因此这个项目对于那些贫穷的人是极其重要的。在现实的生活中，有70%的黑人都处于贫困之中，这对于改善他们的生活来说是非常重要的，尤其是黑人妇女从这项政策中受益颇多。

这项政策是从卢拉政府开始制定的，在司法层面保证政策实施，巴西联邦最高法院法官也认识到这项政策的重要性。除此之外，从巴西实施种族配额招生制度以来，巴西的大学里有了更多的黑人学生。对巴西来说，让更多的黑人学生上大学是一件非常重要的事情，社会需要对他们进行身份认同，这样才能使教育更加公平。

就在我们在抵达巴西之前，居住在圣保罗周边贫民区内的一个小姑娘也因为皮肤颜色的问题，引发了公众媒体的关注。13岁的巴西女孩美莎，从11岁就开始参加选美比赛，并赢下圣保罗青少年小姐（Young Miss São Paulo）专为非白人女孩所设的"黑美人（Black Beauty）"奖项。在巴西，种族主义一度盛行，在电影院看见黑人的次数屈指可数，但美莎却在身体力行挑战着种族歧视，无论前路有多艰辛，美莎依旧会在模特之路上坚定前行。

不管是个人的努力，还是政府出台的相应措施，解决种族问题的第一步，就是要正视它的存在。如果巴西不能够拿出正视种族问题存在的勇气，那么种族问题就可能被解决得非常缓慢。

我们需要互相阅读

如今巴西的一些学校会在日常开设有感种族问题的课程，以此让学生从小就淡化种族的概念。在里约州杜克卡西亚斯市纳西门托的一所公立学校，一位名叫路易斯的老

> 万事尽头，
> 终将如意

师在学校的一个角落，开辟了一个讲解种族平等的主题花园。一面墙上的非洲地图显示他们来自何处，而另一面墙上的名单表明他们作为黑人奴隶来到巴西后的悲惨遭遇。

路易斯老师原本是这所学校教生物的科学老师，除开他对这段历史的了解外，最终促使他开辟这个主题花园的原因还在于现实生活中同学们遭遇的一些困境。他的一个学生，上六年级，是一个黑人，路易斯老师之前并不认识她。她遭受了言语上、身体上的攻击，却没有进行任何反抗，一个早上，在课间自由活动时间，路易斯老师下楼的时候看到她坐在楼梯上，便在经过她的时候跟她说："下去吧，和朋友们玩去。"路易斯老师终于第一次听到了她的声音，她说："我没有朋友。"而听到她说的第二句话是，她唯一的朋友就是路易斯老师。这给路易斯老师留下了很深的印象，然后就开始了这个项目。这是最严重的一个例子，一个这么小的孩子，却受到这样的伤害。

在讲述这段故事的过程中，路易斯老师还是控制不住自己的情绪，在镜头前哭泣了。他的泪水里包含着对于女孩的同情与愧疚，也流露出对于现实的无奈，他渴望让更多人能够接受黑人。

文化乱炖·肤色混搭

　　路易斯所在的这所学校有超过 1000 名的学生，从 11 岁到 16 岁不等。学校周围，有一些不太稳定的社区，附近也有一些犯罪团体活动，一些住在附近的小孩也加入了这些团体。因此，学校受其影响也一直存在着暴力、种族歧视等问题。在开设这个课程之后，这种状况得到了改善。一位叫作胡安·罗杰里奥·费尔南蒂斯·阿玛拉尔的学生对我们说："他们给我起很多带有种族歧视意味的绰号，还

不用去谈各种肤色，我们都是巴西人

经常嘲笑我，每天都嘲笑我，有时候可能只是一些很小的嘲笑，但每天都会有。我当时只是笑笑，但回到家的时候会很伤心。我当时没有意识到这个问题，我经常爬墙出去也会辱骂别人，我知道这样不好，但还会这样做。但自从这个项目建立后，我意识到这是一门很好的课，我告诉他们不要再开我玩笑了，我不喜欢这样，然后他们就没有再嘲笑我了。我的老师、妈妈、亲戚都夸奖我。我变了，这个项目让我变得更好。"

人们强调平等，是因为歧视无所不在。虽然在巴西所有的政府层面，在街头，在媒体当中是在强调平等，没有歧视，我们都是巴西人等概念，但是现实中的那种隐隐的墙，或者说无形的墙，它依然是存在的。正因为如此，巴西反而天天要去坚持反歧视。2016奥运会的开幕式上有一段主题就在强调这件事情，种族之间开始会有对立，但是最后完成了融合，这是巴西一直追求的目标，但并不意味着在现实中已经实现了。

虽然巴西种族歧视的问题比原来有所改进，但是它确实存在，这其中既有历史的原因，也有经济的原因，以及教育、文化方面的差别。我们到了巴西，就必须尊重巴西的文化，尊重巴西的历史，也要尊重巴西的人民，不能有任何地方显示出不尊重，这是不应该的。

　　巴西人跟中国人有很多相似之处，其中有一点也非常相似，那就是都不太爱看书。巴西的监狱里头会规定，如果哪个犯人要是读了四本书，写了读书笔记，最后被审核觉得还不错，就可以减刑20天，看来这个国家也在倡导读书。其实不同肤色的人、不同文化背景的人走在一起，就是一个互相阅读的过程，你只有热爱阅读，读到了更多关于人背后的历史和不同的性格等，直到最后变成一个大家庭，才会更开心。所以我想这也是巴西为什么格外强调"不用去谈各种肤色，我们都是巴西人"这样一个概念的重要因素。

　　黑色的巴西，注定将在历史纠结中，慢慢变浅。

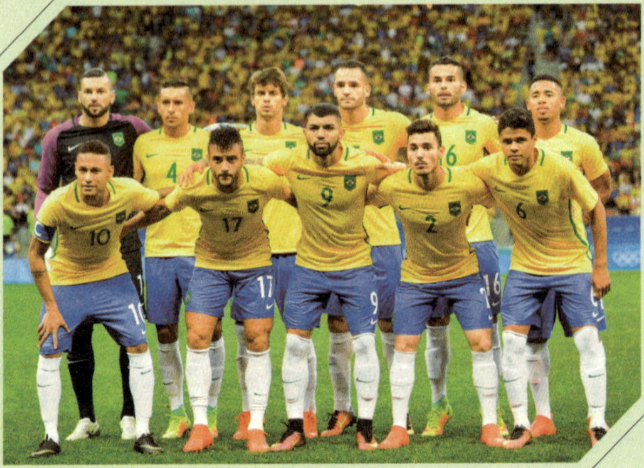

陆

有钱没钱，踢球过年

巴西足球，未来不愁
足球是艺术，是竞技，也是生意
圣殿存在的价值

巴西足球，未来不愁

骨子里的自信与骄傲

在中国一提起巴西，十有八九会提到足球。足球既是巴西传递给世界的一张名片，同时也是外部世界去观察巴西的一个窗口。

在距离2016年里约奥运会开幕式还有10个小时的时候，奥运会的足球比赛已经先行开幕了。对于巴西足球的开幕战来说，他们收获了一个好消息，但也得到了一个坏消息。好消息是巴西女足3比0击败了对手，不幸的是，这个比赛结果的背景板是中国女足。而坏消息则是被寄予了厚望的巴西男足，居然在首秀当中0比0逼平了只有10人应战的南非队，因此这也成了当天巴西媒体头版最关注的内容，都选择了内马尔仰天长叹或者感到万分沮丧的画面，放在了最显眼的位置。在整个奥运赛事当中，虽然足球比赛并不是最显眼的，但是对于巴西人来说，足球却是最让他们牵肠挂肚的。巴西，这个与足球无法分割的国度，似乎从人们的骨子里就因为足球而感到相当自信和骄傲。

1888年，巴西废除奴隶制，大量黑人参与到足球运动当中，这是巴西足球最早的民众基础，也算得上是巴西足球的起点。1889年，巴西合众国成立，由于具备强大的民众基础，足球很快成了这个新兴多民族国家的一个凝聚点。在此后的1900年，巴西第一支足球俱乐部成立了，直到现在，已有相当多的巴西足球俱乐部动辄就有上百年历史。也正是从那几年开始，巴西国家足球队开始在世界级比赛中崭露头角，成为这个新兴国家的一张名片。1919年，南美解放者杯比赛在里约热内卢举办，在那届比赛中巴西足球队一举夺冠，这是巴西国家足球队的第一个大型赛事的冠军，他们的冠军之路便由此开始。

2016年里约奥运会开幕式举办地，就是因为足球而声名远扬的马拉卡纳球场，然而这里也是巴西人心中一个永远抹不掉的痛。1950年世界杯决赛在马拉卡纳球场举办，

> 万事尽头，终将如意

一路高歌猛进的巴西队在决赛对阵乌拉圭。当年的7月16日成为巴西足球历史上最黑暗的一天，这一天也被称为"马拉卡纳惨案"。

当天，173830名购票者加上通过其他途径入场的人群涌入了球场，以至于那一场观赛的人数创下了世界足球史上到场人数最多的纪录，这个数据至今没有被超越。然而就在这一天，巴西队惨遭乌拉圭1∶2逆转，按照新赛制，巴西队只要与对方打平就可以夺冠，他们唾手可得的胜利灰飞烟灭，巴西人的失落和愤怒无以安放，因为足球场上的这场失利，对于巴西这个国家来说，似乎就代表着整个国家在国际上的失利。时任当时巴西国家队主教练在接受采访时说，巴西人在心理上根本没有做好接受失败的准备，因为这个年轻的国家，历史上还没有遭受过重大挫折。

巴西队并没有因为这一次的失利而一蹶不振，在此后的几十年里，他们不仅成为世界上独一无二的"五星巴西"，而且涌现出众多被全世界球迷深刻铭记的超级巨星。贝利、罗纳尔多、里瓦尔多、卡卡、内马尔，一代又一代的巴西球星支撑起这个国家有关足球的一切荣誉，并传承着属于巴西人为之骄傲的无上光荣。

但是另一方面，巴西女足在巴西发展却是非常非常不容易的。她们的教练在赛前的发布会上几乎像哭了一样，恳请全社会支持巴西女足，因为巴西女足跟巴西足球完全是两个概念，很多巴西女足的明星收入只是男足的1%，甚至更少，因此巴西女足现在面临着"巧妇难为无米之炊"的一种尴尬局面。

里约奥运会足球赛场——马拉卡纳球场

万事尽头,
终将如意

我们巴甲见

在巴西,足球似乎是一个无论如何都绕不过去的话题,足球已经渗透到巴西人生活的各种角落,而巴西足球更为强大的基础却是来自于巴西民间。据说巴西的小孩学会走路以后,做的第一件事就是踢足球,在里约城乡结合部的贫民区,我们见到了一群光脚踢球的小孩,最小的不过四五岁,但脚下功夫却相当老道。有哪个巴西人不想成为一个足球队员呢,这里的每一个小孩都有这样的希望,这里每个人的梦想,就是能够成为像罗纳尔迪尼奥、罗纳尔多、内马尔那样的球员。

一到巴西我就在寻找各种各样的球场,结果是什么呢?根本不是我在寻找球场,而是球场不断地在寻找我,因为球场几乎无处不在。所有的费用都是由国家来出的,对踢球的人来说当然是免费的。即便在贫民区的环境当中,依然会有一个相当不错的小球场,很多的孩子在这里踢球,而且踢的是像模像样,这时候你就会明白巴西为什么会夺得五次世界杯的冠军。

我们曾在里约城乡结合部的巴旦贫民区入口处的沙土

场上见到几个光脚踢球的小孩，他们华丽的脚下功夫吸引了我们的目光。看到有人拿着摄像机拍摄，原本光脚放风筝的小男孩也加入到了比赛当中。翻译告诉我们，孩子们可能把我们当成了"球探"，因为一旦被球探发现，他们就有可能进入职业球队踢球。

巴西这个国家格外重视对未成年人的保护，如果未经家长同意擅自对孩子进行录像采访，就极有可能因此而吃到官司。于是我们跟场上踢得不错的保罗和伊格沟通，请他们回家跟家长商量，希望他们的家人同意我们的采访。很快，伊格拉着他的奶奶回来一起接受采访了。伊格虽然不是场上水平最高的，却是最爱接受采访的。我们问他一场比赛能进几个球，他说能进七八九十个，这夸下的海口立刻引来小伙伴们的笑声。

与镜头前的热闹不同，10岁的保罗默默地坐在角落里，他是场上踢得最好的一个，却没能说服父母接受我们的采访。于是与我们同行的巴西人再次跟他一起回家说服他的父母，这才最终征得了他家人的同意。保罗比伊格年长一岁，可看上去却比那个小家伙成熟很多。他在球场上有着清晰的位置，司职中场。我们问他是不是场上踢得最好的，

> 万事尽头,
> 终将如意

他毫不谦虚地回答了一句"是",而且他的回答得到了围观小伙伴的一致认可。他对于内马尔等世界大牌球员如数家珍,而他自己的脚下技术也都是通过看他们的比赛自学来的。我们问他有没有上过足球学校,他说以前上过,现在不上了。至于原因,我们并没有再过多询问。

也许每一个贫民区里热爱足球的孩子,心里都有一个"内马尔"。因为内马尔也和他们一样来自贫民区,而现

贫民区里的足球场

在已经成为世界足坛的超级巨星。内马尔的成长轨迹对于他们来说，是一条看得见的、被证实过可以行得通的成名之路。

采访结束的时候，我们提出可以送给他们一件礼物，伊格说想要足球，因为他们的足球实在太破了。但"野心勃勃"的保罗最想得到的礼物，是可以进入职业队踢球，这显然大大超出了我们的能力范围。几天后，我们送了两个足球给这些孩子，希望有朝一日再见他们，是在电视转播的巴甲比赛中。

先学会走路，还是踢球？

在巴西，类似这样踢球的人简直是太多了，不过现在巴西足球似乎的确遇到了一个巨大的挑战，1比7输给德国，美洲杯居然输给了秘鲁，连小组赛都没出现，这让巴西人或多或少感到震惊。不过当我真的来到了巴西之后，便会觉得很快他们还会东山再起，因为这里的足球基础太强了，就像中国的乒乓球一样，输赢一次，根本不会去害怕。

在里约的时候，我曾去了一个小区的高层平台上，对面是另一个小区。特别值得观察是在这两个小区之间，下面明明是一条马路，但是人们却在中间因地制宜开拓出了一个体育广场，有三个网球场，一个篮球场，还有两个足球场。我们特意挑了一个上班的时间来拍摄节目的画面，而一到下班的时候，这块场地全是运动的人。另外周边还有一条 1.2 公里长的跑道，到了晚上也全是运动的人，而小区里还有其他的一些运动场所，重要的是，它们还都是免费的。可能很多人会说，这是里约非常棒的小区啊，是啊，可是在中国比它棒的小区更多，有这样的体育设施吗？

更加让我感到震惊的是里约的一个 24 小时开业的大片足球场，它由多个足球场构成，我一去看，人们都在踢呢，而且踢的水平都非常高，这可是半夜啊！敢开 24 小时的足球场，就说明人们的确有这种需求，会有相当多的人可能在凌晨两三点选择去踢球，想想这是什么样的足球背景。我搞不清巴西人是先学会走路还是踢球，我看到了太多的小孩，都在教练的带领下去学习足球。所以巴西足球，没问题！

足球是艺术，是竞技，也是生意

顶级球员

最近这一段时间，中国和巴西之间，足球的交流在不断地加深，有越来越多的中国球员到巴西去训练，也有越来越多的巴西球员和教练到中国来发展，而最让中国球迷印象深刻的，恐怕就是中超球场上那些叱咤风云大牌球星和他们令人咋舌的身价。

2015年1月，广州恒大与巴甲上届冠军克鲁赛罗队主力队员高拉特完成签约，转会费高达1500万欧元，成为当时亚洲足坛转会费之最。仅仅一年之后，2016年2月，江苏苏宁与巴西球星特谢拉正式签约，转会费为5000万欧元，成为中超转会市场新的标王。然而就在我们出发前往

大牌球员和教练曾是诸多中超俱乐部争夺的重要资源

巴西前不久,这一纪录迅速被打破。5600万欧元!中超球队上海上港签下巴西前锋浩克,高昂的转会费创造了中超,乃至亚洲足坛的新纪录。

在这些高昂的转会费之余,这些大牌球星来中国所领到的年薪也相当让人惊叹。江苏苏宁的拉米雷斯年薪1300万欧元,上海上港的浩克年薪更是高达2000万欧元。2016年年初,北京国安队的奥古斯托在发布会上说,面对即将到来的月薪50万美元的合同,他坦言这样的合同实在让人难以拒绝。

中国的足球俱乐部在世界足球转会市场上的一番大方出手，虽然多少给人留下了烧钱的名声，但不可否认，这样的交易的确大大提高了中超比赛的观赏性，也在一定层面上拉近了中国足球和巴西足球之间的距离。这些球队的举动改变了过去引进巴西低级别联赛外援的习惯，从"物美价廉"到"顶级配置"，这给了中国本土球员很好的学习和接触世界顶尖水平足球的机会，甚至是中国足球水平提高的必由之路。

我们在里约街头采访了一些球迷，他们对巴西球员前往中国踢球的看法有反对，有赞成，也有无奈。巴西球迷因为球星的离开感到伤心欲绝，同时也为他们堪忧的前途痛心疾首，担心他们离顶级水平联赛越走越远，终有一天会江郎才尽。

大牌教练

中国足球正处在发展阶段，除了烧钱引进明星球员以外，大牌教练也是当下诸多中超俱乐部争夺的资源之一。2013年，库卡带着巴西国家队主教练热门人选的头衔来到

> 万事尽头，
> 终将如意

中国，而山东鲁能也是库卡跨出国门执教的第一支球队。库卡执教山东鲁能两个赛季，虽拿到足协杯和超级杯两个冠军，但球队总体赢球率不足50%。2015年年底库卡被宣布下课，他的离开也留下一个大大的问号，那就是大牌教练和金贵的球员对于中国足球，灵不灵？带着这样的疑问，我们在巴西圣保罗拜访了这位山东鲁能前任主教练。

在国际大都市圣保罗城内，东、西、南三个位置分布着三支知名球队，科林蒂安、帕尔梅拉斯与圣保罗，从球队历史来看，科林蒂安往往称为"平民球队"，帕尔梅拉斯则是"中产球队"，而成立最晚的圣保罗队则被冠以"贵族球队"的称号。当然，英雄不问出处，现在这三支球队早已成为不分伯仲的大牌了。

巴西著名球队帕尔梅拉斯位于圣保罗市区相对外围的位置，球队的代表色是绿色，很容易让人联想到国内的北京国安。球队门口挂着一个鹦鹉的造型，那是他们的吉祥物。

在我们采访的当天，帕尔梅拉斯球队在下午4点会有一场赛前训练，我们提前将近两个小时抵达球队训练场，而门口早已经有带着球衣等待签名的球迷在那里守候。不多久，一辆辆豪车不时开进训练基地，球迷们呼喊着车里球员的名字，不少球员都非常亲切地停下来为他们签名。一位名叫丹尼尔的男球迷今年已经来这里将近20次了，只要一有新球员到来，他就会来到训练基地门口亲眼目睹一下新人的风采，然后拍照留念，足以见得他对球队的喜爱之情。

库卡执教的帕尔梅拉斯球队，当时在巴甲联赛排名第一，对于他们的主教练曾经在中国被解约这件事，球迷们却觉得不以为然。在他们看来，足球是一项集体运动，只有库卡改变是没有用的，必须所有人都改变，中国球员、巴西籍球员，每个人必须改变，如果这样还不行的话，他们觉得这一定不仅仅是库卡一个人的责任。

训练结束后，库卡如约接受了我们的采访。他给我们展示了手机上的一款软件，上面可以看到全世界各个国家足球联赛，他还专门展示了中超最近的比赛日程，并告诉我们他也会经常熬夜看中超。他认为中国足球正处在发展阶段，烧钱聘请球员的情况在未来应该会慢慢减少，随着中国薪水回归理性，巴西球员也会慢慢减少前往中国。不过在他的言语中，还是透露着非常希望继续来到中国执教

万事尽头，
终将如意

的愿望。

其实我相信巴西人，包括中国人都应该明白这个道理，足球既是艺术，也是竞技，但它越来越是一门大生意。既然是大生意就好办了，水往低处流，人往高处走，这个高并不是说我们现在中超的水平有多高，而是工资高，转会费高，这就会让球员感到开心，让俱乐部觉得这是好买卖，也让经纪人能够大赚一笔。

没有办法的办法

在大批巴西球员来到中国发展自己职业足球道路的同时，国内的球员选择了走出去，到巴西进行更加专业的训练。

距离圣保罗300公里的地方，有一个叫作里贝朗普雷图的小城市。相较于圣保罗，这里更加安逸和宁静。在这座城市里，有一个名为博塔弗戈的足球俱乐部，这是一支巴西的丙级球队，却和里约的豪门球队博塔弗戈有着一样的名字，球队的人告诉我们，在巴西不少球队都叫博塔弗戈，这有点向偶像致敬的意思。

来自中国的马晟和李跃铭曾经跟随圣保罗博塔弗戈职业队集训

来自中国的马晟和李跃铭正在跟随圣保罗博塔弗戈职业队集训，他们刚刚完成在巴西的三年学习，目前由河北精英足球俱乐部租界给这支球队效力。简单说，他们刚刚完成留学生活，由于表现突出，目前留在巴西工作。能够被租借到足球王国的职业球队，他们已是同龄人中相当优秀的了。

2012年11月，25个十几岁的中国男孩一起来到巴西学习足球，河北精英俱乐部方面每年为每个孩子支付大约

30万的培训费、保险以及生活开销,并为他们配备了主教练、守门员教练、体能教练等5名专业教练。这家俱乐部在国际青少年足球训练方面颇具经验,除了中国孩子以外,这个训练基地也会有来自科威特、韩国、日本等不同国家的孩子千里迢迢专程过来学习。在河北精英俱乐部看来,他们所尝试的,是一种跟20多年前健力宝少年队截然不同的学习模式,如果说健力宝在当年还是整队学习的话,他们现在则是更深入一步的"散养"模式。但是在健力宝少年队留学20多年后,除了鲁能、精英俱乐部,留学来巴西学习足球的孩子似乎并不多见。

其实送孩子出去踢球是没有办法的办法,最好的办法还是我们自己拥有非常浓郁的足球环境,然后足球从娃娃抓起,而不是像咱们前些年出现了足球是从足协主席抓起的现象。但是没有办法,我们没有这样的环境,才要送孩子出去,可是送去的时候就有两个问题,第一个问题是我们送得比较晚了,巴西的孩子,三四岁已经开始踢比较正式的比赛了,简直是不可思议,这样的场面看得我感慨万千。第二个问题就是我们派了孩子到人家巴西这里,却有时候把自己封闭成一个小环境,不能融入当地的环境,这就会存在很多的问题。但是现在随着越来越多的家长开始像培养丁俊晖一样，让自己的孩子很小就能到巴西、阿根廷、葡萄牙等地学习足球，这些孩子融入当地的环境中去学习，去成长，我觉得这是可以期待的。

但是说一千道一万，归根到底，只有我们自身足球环境的改善，以及有更多的人从事基础足球工作，愿意做我们孩子的教练，这才是中国足球未来真正的希望。

圣殿存在的价值

成熟的青训体系

桑托斯，圣保罗开外 80 公里的一个海港城市，从那里出口的两样东西是全世界所知名的：一是咖啡，二是球星。

走进市区，很容易就能找到桑托斯俱乐部。俱乐部院子外面被涂成了黑白两色为主调的百年纪念墙，上面绘有各个球员的画像和一句口号：100 ANOS & MENINOS PARA SEMPRE（100 年，永远的男孩），昭示着这是一个拥有百年历史，而内核却永远年轻的球队。

桑托斯可谓球迷最为熟悉的大牌球队之一，俱乐部运转相当规范。球队有自己的媒体关系部门，外来采访的媒

巴西的足球训练场

体不得随便拍摄他们的训练画面，只能远远地拍摄些长焦画面，也不能随意接触到球员进行采访，如果需要这方面素材，可以留下邮箱，球队媒体关系负责人会帮忙采访球员，并提供日常他们拍摄的训练画面。

桑托斯球队的青年训练早已形成了两个成熟的体系。一个是对外开办的足球学校，学生需要付钱学习足球；另外一个，就是桑托斯官方开办的基础球队，球员们是被选拔出来的，一旦被选入梯队，他们不需要付任何费用，相当于球队对他们进行投资。桑托斯俱乐部有遍布全国的球探，每一场比赛之后，球探都会拿到六十多页的统计数字，包括球员的变向能力、失球率等数据，作为挑选进入梯队球员的参考。

在桑托斯俱乐部的维拉贝尔米罗球场的上层外围有一些办公室，俱乐部的一些管理人员就在这里办公。俱乐部训练总监的办公室里悬挂着满墙的图表，通过这些图表与介绍，一个精细化的桑托斯足球青训培训体系呈现在我们面前。

桑托斯的足球青年训练包括 U11、U13、U15、U17、U18、U19、U20 共 7 个级别，每一个级别都有自己的培计划。

U13 到 U17 梯队对一个球员来说是相当重要的阶段，因为这个年龄的球员通常需要对抗身体发育和激素等困扰，表现常会出现下降的情况，所以教练会更多鼓励他们提升自己的身体状况。而这一阶段的球员淘汰率却并不是太高，差不多 75%—80% 的人会进入下一个梯队。

让我们很意外的是，"人格教育"在这里是相当重要的一部分学习内容。在办公室墙上众多的数据图表里，有一张纸单独印着希腊哲学家亚里士多德的一句名言："在学习中最重要的是重复与修改。"训练总监向我们解释说，尤其对于高级别的球员，这句话在告诫他们，出成绩之前，尤其要管理好自己的情绪，要像战士一样跟名利场上的自私、骄傲、虚荣做斗争，这里的小球员甚至每两个月都要接受道德测试，衡量他们交流、创新、敏捷、互动以及性格稳定情况。

如果说 U13 到 U17 的阶段对学员来说是一道坎，那么能够进入 U20 梯队则是球员职业发展过程中更加重要的一步。因为从此以后，让这些球员成为专业运动员就是俱乐部的责任了。这个阶段的学员经过一系列技术和体能筛选

桑托斯足球俱乐部的球迷挥舞着俱乐部旗帜

后，即将有机会进入职业队，从而实现成为职业球员的梦想。俱乐部的训练总监向我们展示了一个文件，里面展示了球员们最终进入职业队的过程。根据最近 10 年的数据统计，平均每年会有 8 个左右的球员进入职业队，在他看来，世界上还没有任何一家俱乐部的青训系统能达到这个数字。

当然，进入职业队的也并不全是 U20 梯队里的学员。目前在国际足坛上炙手可热的内马尔，17 岁就被选桑托斯俱乐部选中而进入了职业队踢球，而此前的他还在室内足球的班级学习，由于有着同龄人所不及天赋和球技，所以幸运地被破例地选入职业队参与训练。在个人职业生涯的第一个赛季，内马尔就当选了 2009 年州联赛最佳新秀，从此一举成名。诞生了内马尔这样一位超级巨星，对于桑托斯俱乐部来说，这似乎是对他们训练体系和结果最好的证明。

在桑托斯俱乐部内部还有这样一个规定，职业球队收入的 10% 必须要再次投入到青训系统，反哺青训体系。而相应的，如果俱乐部能够成功培养出一个年轻的球星，就可以卖一个相当可观的价格，这也会为球队带来丰厚的

万事尽头，终将如意

回报。

正是因为这样的良性循环，在 2013 年，桑托斯俱乐部的球队品牌价值为 6500 万美元，是在巴西总价值排名第二的球队，并且在转会市场上的成交额达到惊人的 1 亿 1400 万美元，稳居巴西足坛成交量的第四名。

寻找贝利的足迹

在桑托斯这个城市的很多角落都可以看到桑托斯俱乐部的印记，比如一个叫 A SANTISTA 的球迷小酒吧，整个小酒吧都被装饰成专属桑托斯球队的黑白相间色，就连墙上挂着的桑托斯球队的老照片也是黑白的，不知道这是不是一种巧合。而酒吧里面挂着的电视循环播放着桑托斯球队的精彩进球。

听说贝利的一位队友平时经常会来这里喝酒，因此我们慕名前来试试运气，能不能碰到他。我们在酒吧里向食客打听，有人给我们指出了一位皮肤黝黑、头发花白的老人，看来我们运气还不错。我们激动地凑到老人身边问："请问您认识贝利吗？"没想到，这位老人却冷冷地回答：

"谁是贝利？"然后躲开我们径直而去。

后来酒吧老板说，那位老人在跟我们开玩笑，眼前这位竟然就是贝利在国家队时的队友——库蒂尼奥（Coutinho），他和贝利曾一起征战了1962年的世界杯，并一起赢得了那届世界杯的冠军。

在酒吧的食客里，不少人知道这位老人的辉煌历史。球王贝利在16岁时就已风头正劲，稳坐巴西足球联赛最佳射手的位置，不过这可得益于当他在桑托斯队的时候，佩佩（Pepe）和库蒂尼奥两位队友的鼎力相助。桑托斯是历史上第一支攻入1万个进球的足球俱乐部，在这1万个进球中，贝利攻入了1091个球，佩佩攻入405个，而这位库蒂尼奥攻入370个进球。事实上，若不是被贝利盖住了风头，库蒂尼奥就是足球史上最伟大的前锋之一，他擅长在小空间里进行盘带，人称小面积天才。当年贝利的球衣号码是10号，他是9号，两人可谓最佳搭档，据说两人二过一的配合，曾被认为是足球历史上的奇观。凭借着球场上犀利的"铁三角"组合，桑托斯俱乐部在那几年总共赢下了9个国内的州际比赛冠军、6个比赛冠军、两个南美解放者杯赛冠军及两个洲际杯，成为巴西足坛的一段传奇。

名为 A SANTISTA 的球迷小酒吧

在酒吧老板的眼中，桑托斯俱乐部着实就是天下第一，在他眼里，大名鼎鼎的皇家马德里和巴塞罗那俱乐部，虽然它们比起桑托斯还要早成立了10年，但是进球数却远远被桑托斯甩在后面，这就是实力上的差距。

贝利虽然早已经不再叱咤球场，但是球迷对他的眷恋，似乎从来没有减少。贝利在球场上最经常做的动作，贝利

桑托斯球队曾经的"铁三角"——贝利、佩佩和库蒂尼奥

最爱喝的饮品,这位酒吧老板全都如数家珍。

他最引以为豪的,就是贝利曾经多次光顾他的酒吧,而他最难忘的也是贝利至今最后来的一次,是 2014 年 2 月份,因为给包括佩佩在内的 5 位球员过生日,当时参加聚会的人特别多,导致场面一时无法控制。

在酒吧墙上最高处的显眼位置,挂着贝利的亲笔签名,

万事尽头，
终将如意

他指着那个签名说："我们是朋友。"

现在的桑托斯港依然繁忙，在这个海滨老城里，有一项老式小火车的城市观光项目，起点就在港口附近的贝利博物馆门口，而小火车也被命名为"贝利号"。显然，贝利是这个城市相当骄傲的标签。

在巴西，据说小孩学会走路以后，做的第一件事就是踢足球。在这座四层的贝利博物馆里，展示着贝利作为球员的起步与辉煌。而这里最珍贵的一个展品是贝利儿时踢的第一个用破袜子缝制的小足球，它看上去甚至还没有一个碗口那么大。在那只小足球上有一行字，是当年与贝利一起踢球的小伙伴写下的：Uma recordacao do grupo de amigos de Bauru，意思是"一群包鲁朋友的回忆"（包鲁是一个城市的名字）。面对眼前这个不起眼的小破足球，我们无限感慨，贝利通过它认识了足球，自学了足球的各种技术，甚至是团队精神。

巴西人有一句名言，万事走到尽头都会尽如人意，但凡还不尽如人意的，一定是还没走到尽头。在距离里约奥运会开幕的前几天，开幕式所在地马拉卡纳体育场的前面还跟工地一样。对于巴西足球来说，马拉卡纳体育场就像是金字塔的塔尖，但是它的塔底呢，真是巧，离这个体育场也就几百米的地方，那是里约的又一个贫民区所在地。平时马拉卡纳体育场要举办比赛的时候，我相信贫民区里的很多人都没有钱能够买得起票来看比赛。但是从巴西大大小小的贫民区里却走出了很多世界巨星，成为这个体育场里真正的主角，像罗纳尔迪尼奥、罗纳尔多，甚至贝利都是如此。其实对于孩子来说，不管有钱没钱，踢球就像过年，只有踢球的孩子真的多了，并且他们爱足球，像马拉卡纳体育场这样的圣殿才真的有存在的价值。

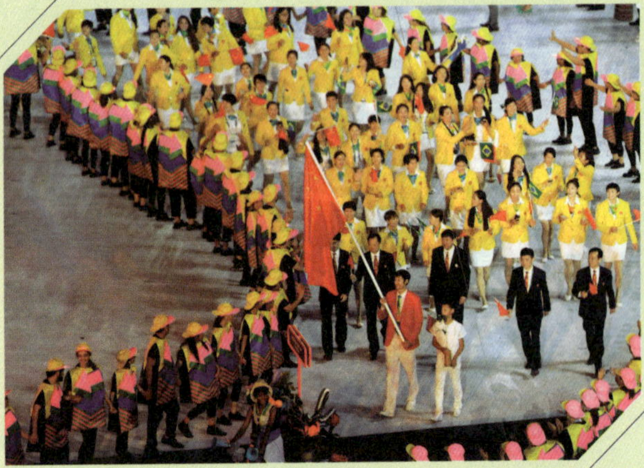

柒

如果不去运动,请给我一个理由

热爱生活,享受生活

人人都是运动员

奥运只是一个游戏

播种未来

热爱生活，享受生活

巴西人的身材

从北京出发去巴西之前就听说过这样一个笑话，不久前一家国内媒体去巴西里约的海滩采访，一向"傲娇"的女主持人硬是没敢下海，因为海滩上的巴西女人大都只见肉不见比基尼，而国内的美女主持人则相反。虽然这只是一个笑谈，但足见同为金砖国家的两国国民在身材上的反差。

在巴西采访的时间里，从圣保罗到马托格罗索再到巴西利亚，一路上见到最多的莫过于牛群。据说从20世纪90年代至今，巴西的牛一直都比人多。2012年，巴西国家地理统计局的数据就显示，巴西2012年的肉牛存栏量为2.128亿头，而当年巴西的人口数量是1.99亿。

在中国人的印象里,吃肉多的人大都容易发胖,但饲养着全球最多牛群的巴西人,是如何同时保有令人艳羡的身材的?他们又是如何把一块块牛肉转化为身上的肌肉的呢?

在北京就听说巴西人爱玩,以至于政府不得不决定周日向市民开放城市主干道供大家健身娱乐。我们的摄制组前往巴西首都巴西利亚的那天,正好是一个周日,一下飞机摄制组就赶去拍摄,然而巴西利亚的主干道全程封闭,禁止任何机动车辆进入,市民可在这条宽阔的马路上骑车、跑步、滑滑板、轮滑,乃至踢球。你想想,这就相当于北京的长安街每周向市民开放一天,这是什么感觉?你要不运动会不会觉得太对不起政府和自己?

而这样的开放行为,在圣保罗和里约等大城市都有。里约的封闭大道更诱人,在著名的伊帕内玛海滩和科帕卡帕纳海滩的大道上运动,你既能看到赏心悦目的风景,你也会成为别人眼中的风景。

虽然在沙滩上看到的人的身材并不代表巴西人的身材,但在各种沙滩运动中看到的身材却是巴西最健美的身材。在萨尔瓦多,在里约的海滩上,除开女人漂亮的身材不说,单说运动中的男人身材,就足以让人羡慕嫉妒。

万事尽头,
终将如意

哪有不去运动的理由?

在巴西的沙滩上,巴西人快乐地运动着,打排球的,游泳的人很多,但是我们到这里,当然最想寻找的就是足球的痕迹了,结果我们发现,巴西人在海滩上把足球又给创新了,他们把自己最擅长的两项运动,排球和足球结合在了一起,踢足排球,这就需要很高超的技术和技能了。在排球一样的场地,除手之外的其他部位均可碰球,不光是用脚踢,还得用头球向球对面的对手发起进攻。也许巴西的足球因此还会提升。

在科帕卡帕拉海滩,像这样的足排球网随处可见。除此之外,还有许多可以移动的淋浴设备、固定的卫生间以及各种做肌肉拉伸的器械。更有意思的是,在海滩上大概每隔 100 米左右,就有一个竖在那里的喷雾装置,一了解,原来这是用来给身体降温用的。有这么方便的设施,要不运动都有点儿不好意思在沙滩上溜达。

在里约沙滩道路的内侧,是 24 小时免费开放的足球、排球和篮球等运动场地,而这些设施,在一些居民社区也一应俱全。

巴西政府决定周日向市民开放城市主干道供大家健身娱乐

奥运会期间,我们入住里约奥运场馆附近的居民公寓,首先让我们惊呆的是楼间距,然后在楼与楼之间有着网球、篮球、排球等标准的运动场地,外面还围有一圈塑胶跑道。甚至在公寓楼的中间,还有沙滩排球的场地。而在公寓楼的洗手间里,几乎每家都有一个冲脚用的移动喷头。运动都已经深入到了巴西人生活的各个角落,还哪有不去运动的理由?

在直播节目中,问及在巴西生活工作了近30年的中国驻巴西原大使陈笃庆先生,最欣赏巴西的是什么时,陈大使一句"热爱生活,享受生活"的回答,大概就是巴西人拥有健美身材的最好诠释。

人人都是运动员

关掉电脑,出去运动吧

都说巴西利亚这个城市有着对称的美感,慕名而来的游客纷纷对它的建筑青睐有加,而巴西首都的人民生活又如何呢?很幸运,我们抵达巴西利亚的这天是周日,有机会与这座城市更为接近一些。

下飞机后,我们的车子穿梭在巴西利亚宽阔的道路上,路边种满了粉红色的风铃木,这里的市民说,巴西利亚的规划师独具匠心,想到了让工人种上风铃木,它在春天和夏天变成红色,像开出了红色的花,而冬天则是变成白色的花,就像下了一层雪。这也算是给热带高原营造了一种四季的感觉吧。

我们的车行驶到半路就被迫停下了，一打听才知道，原来这一天是周日，巴西利亚、里约热内卢、圣保罗等巴西不少城市的主干道，都要禁行车辆而让路给运动的人们。我们行驶的这条道路日常塞满车辆，而在这一天，路上则全是跑步的人群、玩滑板的青少年以及骑脚踏车的孩子还有陪伴他们的父母。巴西利亚没有海滩，穿比基尼的姑娘率性地把床单一铺，干脆直接躺在柏油路上戴着墨镜听起音乐晒着太阳。

在路边，有脚踏车出租点儿，那里的老板娘平时没有工作，生活只是靠出租脚踏车以及出租大型儿童玩具的收入来维持。在我们采访的这一天，她靠出租脚踏车至少收入了600到700雷亚尔（相当于1200到1400元人民币），不过她还向我们强调，目前因为是雨季，所以收入不佳，要是最好的时候，一天能有1500雷亚尔的收入，一个月挣六七千雷亚尔都没问题，而且不需要再向政府缴纳任何费用。看来周末来这里玩的人一定是相当之多。

在她的隔壁，一辆小车上竖着一个"AKARAJE"的招牌。AKARAJE是一种以黑豆、洋葱、橄榄为食材，煎炸之后用面包夹起来吃的美食。不少人在跑步之后过来买

> 万事尽头,终将如意

上一个补充能量。这其实是一个非洲后裔组织的文化角,非洲着装打扮的人摆起摊子卖一些非洲首饰和生活用品,还有非洲风格小乐队的表演,气氛相当活跃。

巴西人真是一个既热爱生活,又懂得享受生活的民族。而政府的管理智慧更加令人钦佩,他们还路于民,给市民提供了更多的锻炼场所。有巴西人告诉我们,面对几倍薪水的加班费,他们宁愿不要也要去享受生活。或许那些原计划周末加班的人,一想到不能开车上路,也会索性关掉电脑,出去运动吧。

市民可在宽阔的马路上骑车、跑步、滑滑板、轮滑,乃至踢球

沙滩足排球

在里约的海滩上,最常见的运动就是足排球。在一个周末,我们看了一会儿比赛,在中场休息的时候,我们与场上的一位队员攀谈起来。

这位已是中年的队员名叫马塞罗,他其实并不是本地人,是一位来自巴伊亚州萨尔瓦多的建筑工程师,这次来里约是要出差一个星期的。而和他一起比赛的人,此前跟他并不认识,来里约之前,他通过网络找到了这个城市的活动。他认为自己是个非常热爱运动的人,而工作使然,他经常需要出差,不管去到哪个城市他都会寻找有没有类似的活动,然后加入进去。一场比赛下来,大家熟络成了朋友,互相留下联系方式,下次再来就能再约出来一起比赛。这么多年下来,他通过这样的方式认识了不少新朋友,而这些朋友如果来萨尔瓦多的话,也会加入他日常参与的比赛。

足排球具备很强的包容性,不仅包容了巴西最强的两项运动,将巴西人所擅长的足球与排球创造出了一项全新的运动,更没有性别、种族、年龄的限制,只要愿意,谁

> 万事尽头，
> 终将如意

都可以加入进来。

马塞罗热心地给向我们介绍，足排球这项运动起源于里约州中部，通过不断传播，目前可以算得上是全民运动了。正是因为是足球（Futebol）和排球（Voleibol）的混合，所被叫做足排球（Futevolei）。这几年，这项运动已经从巴西传到了南美很多其他的国家，比如巴拉圭和阿根廷，这些国家之间偶尔还会举行足排球锦标赛。

虽是人到中年，马塞罗依然保持着很好的身材。不得不感慨，运动已经融入巴西人的血液里，也许正是像足排球这样的运动潜移默化地给予了更多巴西人年轻的身材和心态。

课外的体育实践

我们在萨尔瓦多进行拍摄时，着重拍摄了他们著名的景点，这里不仅是南美地区非洲文化的起点，更有着著名教堂和无敌海景。有意思的是，我们在拉塞尔达电梯和海关大楼附近先后遇到了一群练习艺术体操的学生，还有人在给他们录制视频。

异国他乡，两次偶遇，于是我们开始攀谈起来。原来他们是当地一所私立中学的学生，趁着周末的时间在完成课外的体育实践。老师要求他们在城市的标志性建筑前面进行一些运动，并录制成视频，回去进行评比。而老师只会对视频创意进行评比，不会针对体育打分数。

他们分成了好几个小组，我们当天在萨尔瓦多拍摄的时候，还遇到了其他几个小组的学生，他们的运动项目包括艺术体操、柔道、足球、排球和击剑。这比起国内中学生的那些体育运动，简直丰富太多了。一位名叫比阿特丽斯的小姑娘告诉我们，他们经常会举行游泳与自行车比赛，甚至有一些学校里不开设的体育项目课程，会给孩子在课外找老师学习。类似这样的视频拍摄活动有很多，大家的体育表现不会被记入分数，只会对视频创意进行评比。

都说只要走在里约的海滩上，几乎任何一项运动都可以被看到。而在城市道路的旁边，几乎都会配有塑胶跑道。体育对于巴西人来说，真的就像渗透到了他们的血液当中，我们会遇到只有3岁，却已经在踢足球的孩子，也会见到街头的排球比赛。都说巴西的孩子无论男女，在出生后收到的第一个生日礼物几乎都是足球。或许他们的前辈就是这样地告诉他们：去踢足球吧，去热爱运动，它将回馈给你更多。

巴西人把排球和足球结合到一起,创造了足排球运动

奥运只是一个游戏

我知道你们经过了怎样的不容易

2016年8月5日,第三十一届夏季奥林匹克运动会在巴西里约如期开幕。在奥运会开幕之前,可能还会有很多的人在吐槽,觉得这可能是一个根本没法办的奥运会吧,也许开不成吧。但是它最终不仅开成了,而且在告别的时候居然会依依不舍。

我特别喜欢奥运会闭幕当天巴西媒体所用的标题,当太阳重新升起之后,奥运结束了,但是它的标题叫"一条流过奥运的河",一语双关。因为里约热内卢翻译成中文的话叫作"一月的河",因此奥运会期间的16天就像是一条流过奥运的河,这一段时光已经过去了,但是两岸有多少

> 万事尽头，
> 终将如意

风景我们都已经记住了。

里约之所以能够获得这一届奥运会的承办权，和这个国家的一位老人息息相关。时年74岁的卡洛斯·努兹曼曾在1964年东京奥运会代表巴西排球队出战，在2000年的时候，他进入了国际奥组委。而他职业生涯的巅峰，则是为巴西赢得2016年夏季奥运会的承办权。为了帮助里约成功申奥，努兹曼可谓不遗余力。2009年，他富有激情的陈述报告，使得里约处于相对的优势地位。

2009年，巴西作为金砖国，被称为"经济实力强劲且不断发展的国家"。然而，七年后，这个国家却正在遭受经济危机，通胀严重，失业率高企，政府财政收入也受到影响。

2016年7月5日，在奥运倒计时30天的仪式上，努兹曼在接受采访时表示，里约奥运的筹备过程经历了巴西政治和经济的困难时刻，但是他坚信里约将向全世界展示，各大洲无论贫富，都可以举办奥运会。

这届奥运会的主题词是"点燃你的激情"。点燃别人的激情的时候自身也要拥有激情，在奥运会开幕式上努兹曼的激情简直抑制不住，在他不断颤抖的手的背后，我能感觉到办成这一次开幕式，且延续奥运会的进程包含了多少的不容易。他那一刻多么的幸福，我记着当时在解说中我说过这样一句话：在他这种极具激情的致辞过程中，仿佛黑夜中突然天亮了，太阳光打在了每一个巴西人的脸上。我觉得每一个巴西人所能够配上这样的太阳光，努兹曼扮演的角色是非常重要的。

其实还有这样一个背景，努兹曼过去是排球运动员，现在大家都知道足球是巴西最强的，但是巴西的奥委会几乎都是排球帮。也许正是由于这种身份的影响，努兹曼还起到了一个极其重要的作用，不仅仅是里约奥运会的申办，他还成功地推动了沙滩排球迈上了一个很高的台阶。早在20世纪80年代的时候，努兹曼就已经意识到沙滩排球会有一个很好的发展，因此他给国际排联写信要求希望能在巴西连办两年的比赛，国际排联同意了他的请求，于是又制定了相关的规则，沙滩排球从此走上了高速的轨道。不知大家注意到没有，开幕式上8个持旗手当中有两个人都是来自沙滩排球的运动员。所以我觉得整个巴西，甚至整个世界应该感谢这位激情四溢的老人，这是我听过的奥组委主席在开幕式上最好的致辞，没有之一。

万事尽头,
终将如意

在奥运会开幕式上,努兹曼说,此时里约是世界上最美的地方,全场一片沸腾。然后当国际奥委会主席巴赫说我一直在相信你们,全场又是一片沸腾。其实在巴赫这番话背后的意思是,巴西办好这次奥运会,里约办好这次奥运会是非常不容易的。2015 年巴西 GDP 的增长是负 3.8%,2016 年经济状况依然没有很大的好转,相当缺钱。这次的开幕式就因为经费不断削减,前三个方案全都废弃了,最

卡洛斯·努兹曼在奥运会开幕式上激情演讲

后用的是第四个方案，因此它不拼高科技，不拼投入，只去拼创意，但是也取得了很好的效果。

巴赫在开幕式的致辞当中特别说了这样一句话：我知道你们经过了怎样的不容易。巴西2015年和2016年的经济状况，包括总统处于被弹劾的这种状态，都反映了能够最终走到里约奥运开幕真的是非常不容易，所以要更好地祝福巴西。

第一个奥运桂冠

在里约奥运开幕式的这一天，除了努兹曼以外，同样还有另一位老人被世界所铭记。在一群手持和平鸽风筝的孩子们的簇拥下，已经76岁的基普凯诺，在马拉卡纳体育场，依然可以轻盈地奔跑。这位曾经两度获得奥运会冠军的肯尼亚老人，又一次站在了奥运会的领奖台上，接受国际奥委会颁出的历史上第一个奥运桂冠。

基普凯诺是世界著名的中长跑运动员，被誉为肯尼亚中长跑之父。当年，没有教练，一直坚持自己训练的基普凯诺，在1968年墨西哥奥运会上一鸣惊人。在比赛中，他

> 万事尽头,
> 终将如意

和美国选手展开激烈争夺,最终以 20 米的领先优势夺得冠军,将奥运会纪录提高了将近 5 秒,这一成绩直到 1984 年才被打破。在 1972 年慕尼黑奥运会上,凯诺参加 3000 米障碍赛,第二次获得金牌。6 天后,1500 米,他再夺一枚银牌。在肯尼亚迄今为止历届奥运会上获得的 14 枚金牌中,其中两枚就来自基普凯诺。

在基普凯诺身上,除了奥运冠军,另一个标签则是奥运慈善家。在他运动生涯的后期,没有离开跑道的他转型成为一位特殊的教练,他和妻子一起创建了"儿童之家",为孤儿提供住处和教育,让没有家的孩子有一个可以遮风挡雨的地方。而后,他又搭建了基础教育学校和体育训练中心,让孩子们有了受教育的机会。

奔跑,不但成就了基普凯诺,也给了孩子们改变命运的机会。在基普凯诺从不停歇的奔跑道路上,不但有体育的独特魅力,同样也伴随着教育、和平的温暖阳光。

基普凯诺获得的这个奥运桂冠其实用咱们熟悉的说法就是感动奥运,我希望将来也有很多的中国体育人能够获得这样的奖项。其实关于基普凯还有个小故事,特别像段子,他第一次夺得奥运冠军的时候非常不容易,他去参加比赛的时候堵车,他一看比赛快开始了,这可怎么办?下车就跑,跑到了体育场之后赶上了发枪,接着再跑,得了1500米的冠军不说,而且把纪录还给破了。依我说这主要是热身热得好,堵车看样子有的时候也有好处。这个老人作为一个运动员来说,他的运动生涯总会结束,但是为奥林匹克精神的服务却永远不会退役。

阿维兰热

就在直播里约奥运会的期间,我们得知了一个突发的消息,这个消息让很多的人,尤其是全世界的足球迷感觉非常的惊讶和遗憾。那就是前国际足联主席,巴西人阿维兰热去世了,享年100岁。

听到这个消息的时候,我觉得震惊,然后悲伤,同时又有一些惋惜,同时这也是奥运历史上一个非常少见并且具有很多偶然性的新闻,这种偶然里实在有着太多的巧合。1916年,阿维兰热出生在巴西的里约,他本身就是里约人,而在1956年,他是巴西奥运代表团的团长,参加了在当年墨尔本举办的奥运会。好多人一想到阿维兰热的时候,都

> 万事尽头，
> 终将如意

会想到他是一位足球老人，他曾执掌国际足联长达24年，还曾被国际足联执委会推举为诺贝尔和平奖候选人，在体育界，只有现代奥林匹克的创始人顾拜旦有过这种荣誉。其实在阿维兰热运动生涯的初期，乃至整个生命中有相当长的时间是与奥运紧密接轨的。他从20世纪60年代进入国际奥委会，一直到2011年才卸任，在奥委会任职长达48年。

这位老爷子一直有一个心愿，就是希望能在自己的家乡举办一次夏季奥运会，同时自己能够出席开幕式。如今他的第一个愿望实现了，的确我们所经历的就是在他的家乡里约来举办的一届夏季的奥运会。但是开幕式他并没有参加成，因为在2016年7月初的时候我们就看到了一条新闻，说阿维兰热这个百岁老人因为肺部的感染已经住进了医院，因此开幕式他没有能够出席。但是恰恰就在奥运期间，他在里约离开了这个世界，也告别了他钟爱的体育舞台。我觉得他在奥运期间的离开，恰恰让人们记住他不仅是位足球老人，同时也是一位奥运老人。

2016年阿维兰热受国际足联腐败案波及，迫于各方压力告别了体育界。2011年阿维兰热曾宣称因身体原因辞去

国际足联前主席阿维兰热

国际奥委会委员职务，2013年他也辞去了国际足联名誉主席一职。但即便如此，他仍然是巴西最受尊敬的体育传奇之一。

2014年，巴西成功承办了世界杯赛，两年后，奥运圣火在里约点燃。这一届里约奥运会的成功举办可能是留给这个世纪老人最好的礼物。田径比赛中的100米栏、5000米等比赛项目在里约的奥运体育场进行，而这个体育场曾经正是以阿维兰热的名字而命名的。

人们常说盖棺定论，功过由世人去评说，即使是阿维兰热，也免不了有功过之分。这位百岁的老人赶上了自己

万事尽头，
终将如意

家乡举办的奥运会的开幕式，却没有赶上这届奥运会的闭幕式，他的人生闭幕了。他从1972年开始任职国际足联主席，一直到1998年才卸任，打破了由欧洲人垄断国际足联主席职位的局面。作为第七任国际足联主席，他所提出的一个重要口号就是要帮助亚非的足球有一个很大的提升，因此中国也是其中的受益者。这位老爷子为中国足球进入世界足联，回到世界杯做了很多的事情，所以我觉得中国人应该在这一点上非常感谢阿维兰热老先生。他把世界杯决赛阶段球队的参赛数量由16支增加到24支，然后一直扩充到32支，使很多原本没有机会参加世界杯的国家队有机会参加世界杯。

这位老先生出生于1916年5月8日，也就是金牛座。他另一个相当大的功劳就是金和牛。在他上任国际足联主席的时候，当时的国际足联只有12个雇员，当时账面上的资金只剩下几十美金。而当他1998年离任，把这个摊子交给布拉特的时候，国际足联的账面上有40亿美金。这是翻了多少番呢？如此就知道这个金牛座的老先生是如何点石成金，点足球成金的。他让国际足联成了能够与国际奥委会分庭抗礼的一台巨大的印钞机，这当然是他另外的一个非常大的功了。

随着他的过世,他的过可能依然会被人谈论,但是也会慢慢跟历史达成一种和解。他最后离任的时候,因为可能是岁数很大,也达成了一种妥协的条件。他把自己的职位都辞掉了,便就不再追究有关他贪腐的更多的东西,也不再对他进行处罚,但是相应的调查还会有所进行,因为这毕竟还涉及他的女婿,现任的巴西足协主席。所以说巴西的足球有的时候不仅从娃娃抓起,也从足协主席抓起过,因为这里牵涉到了贪腐案。

功过是相连的,当他把国际足联变成了一台巨大的印钞机之后,不管是现在的国际足联,还是国际奥委会,越来越像是一桩巨大的生意,巨大的产业,在这个过程中就会出现很多的这种问题。比如说国际奥委会也在面临很多有关贪腐的指控,那么阿维兰热作为国际足联的前主席,最后也陷入了被指控贪腐的境地当中。

我觉得他给人们提了一个巨大的醒,那就是小到一个运动员,现在都有可能被赞助商等相关利益机构进行捆绑。我们知道的和不知道的很多事情,不管是在奥运会上,还是在足坛里头,也都与这种巨大的印钞机、利益还有生意、产品等紧密相关,也许将来还会有更多的东西会慢慢被揭开,我们也会了解更多的真相。

就这一切局面来说,阿维兰热甚至国际奥委会都是重要的推手,因为正是在他执掌的这段时间里头,国际足联成了印钞机,而国际奥委会从 1998 年的洛杉矶奥运会开始,也成了新的印钞机,问题也就随之出现了。所以我们在追悼这位老人的时候,也希望这位老人最后所承担的贪腐的指控等,也随着他一起盖棺了,但未必定论。有功也有过,毕竟人无完人,而且这里头的原因也是很复杂的。

阿维兰热虽然走了,但他给世人留下了巨大的遗产。首先一个重要的遗产还是要回到他个人的功,他毕竟有一种对体育深深的爱,在他年轻的时候就喜欢运动,踢过足球,后来又参加游泳、水球,一辈子就跟体育在打交道,而且帮助了中国等足球并不发达国家。如果没有这种爱,很难把这个盘子做大。因此我觉得他对体育的爱是他留给这个世界的一个重要的遗产。

另外一个遗产我觉得就是反思。全世界现在都在开展相关的工作,不管是对国际奥委会还是对国际足联,甚至小到我们其他的一些赛事,或者是运动员去参加比赛过程

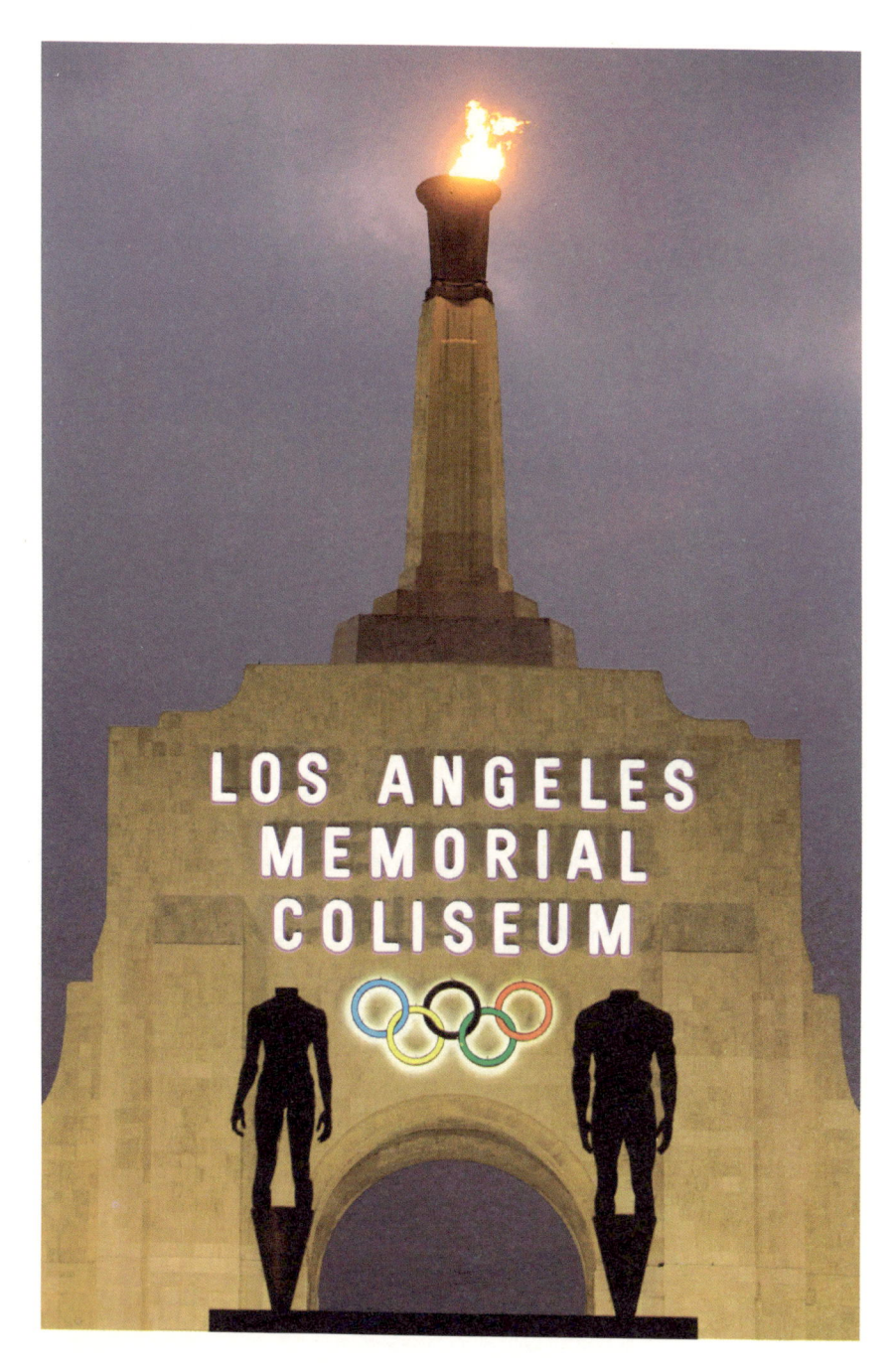

从洛杉矶奥运会开始,国际奥委会成了新的印钞机

万事尽头,终将如意

中跟赞助商之间的关系等,都开始有了较以往更为严格的监督。在已经商业化、市场化、产品化的体育发展的趋势当中,如何做干净的体育,别陷入贪腐之中,如何把体育最更高、更快、更强,把最美的那一面呈现给世界,这是一件要反思的事情,而反思本身就是遗产。

难忘的回忆

奥运会不过是人类创造的一个游戏而已,但是这个游戏却让全世界人的情感、眼泪、欢笑,一切都溶解在其中。我觉得里约的确为大家带来了一届非常巴西,非常不一样的奥运会。我们大概在奥运会结束之后应该打打我们自己的脸,同时觉得里约不错。

在里约奥运会闭幕式开始之前的时候,我就说在一届奥运会的闭幕式上有两个重要的悬念,第一个悬念是奥运的圣火将如何熄灭,第二个就是国际奥委会主席将选择一个怎样的词语来定义这届奥运会。奥运会之前的时候,国际奥委会主席是学数学的,他得算钱,算场馆。到奥运会闭幕的时候,他必须学语文,选择优秀的词语来定义这一届奥运会。在里约奥运会闭幕式上我真是竖着耳朵在听，最后听到国际奥委会主席用了"非凡"这个词，我觉得相当准确。想要知道这个词的含义，就要知道前两届奥运会的时候国际奥委会主席用的什么样的词。2008年北京奥运会他用了"无与伦比"这个词，大家想想这是一个多么极致的词语来定义了北京奥运会。而到了伦敦的时候用的是"快乐与荣耀"，这次用的是"非凡"。这么一比较的话就会觉得非凡的程度好像跟无与伦比相比还有很大的差别，其实别忘了，奥委会的主席还是要用情商和智商加在一起去选择这个词，既要定义这届奥运会，同时还要符合这个国家对某些词语的期待。我们当然知道无与伦比是一种百分之百的肯定，伦敦奥运会的时候选择快乐与荣耀，这是它国歌歌词当中的一部分，所以英国人一下子就觉得开心起来。在里约的时候用了非凡，而里约在此之前就有非凡之城这样的一个定义，因此把非凡这个词一给它，所有的巴西人都觉得开心极了。现在我知道奥运会的主席为什么经常要换了，因为当一个奥委会主席把这些词用光了之后，就赶紧得换下一个。

我相信这个很贴切的非凡这个词出来以后，对所有的

万事尽头，终将如意

巴西人来说都是一个非常感动和幸福的瞬间。而从这一刻开始，我们就从里约时间进入下一届奥运会举办地的东京时间了，很多朋友都说在里约奥运会闭幕式舞台上展示的东京八分钟非常高科技，也非常有创意。八分钟只是我们一个概念，其实真正在舞台上呈现的不一定是一个八分钟这么严格意义上的东西。当然我们会觉得如果是福原爱替安倍来扮演那个角色的话，可能大家觉得效果会更好。但是这个创意完全不出乎我的预料，为什么这么说呢？因为日本拥有一个国家形象的创意，这种国家形象的创意就是要在世界面前打造高科技而又可爱的国家形象，我觉得这个大家要去了解。

所谓的东京八分钟，的确是把高科技和可爱云集在一起，这也是在打造它一贯的国家形象，它的高科技呈现了比 VR 还要更高级的 AR 的技术，由虚拟现实变成增强现实，同时它的可爱往往要借用让世界各国的孩子都喜欢的卡通、动漫、游戏当中的形象来共同达到这种效果，所以我觉得日本在它的几分钟的背后是有它的一贯坚持所在。

我们当然希望终于可以看一次没有时差的奥运会了，也希望东京奥运办得更好，但更加希望的是中国的体育代

里约奥运会闭幕式上的东京八分钟

表团能在东京奥运会上取得比在里约奥运会上更加优异的成绩。

里约奥运会的闭幕式除了狂欢之外，有一个细节大概对中国的观众来说都会觉得有点遗憾，或者说有一点疑惑，在现场播放的运动员的短片里头，我们居然看不到中国运动员的身影，当时我就非常困惑，甚至脱口而出：我记着中国代表团来了。其实在整个片子里头有相当大的比例是巴西运动员，这好理解，因为巴西在整个奥运会期间的时候，奥运频道把自己变成了全运会，这非常正常。但是中国代表团去了400多名运动员，而且在奖牌榜上排名第二，金牌榜上排名第三，这是一个无法看不到的事实。所以也

万事尽头,
终将如意

理解吧,因为这么短的时间里头,恐怕这206个国家和地区的确有很多的运动员可能进不来这个镜头。但是如果几乎没有我们的运动员,即使有也只是一个远处的背景,还是有点不应该。

只能说我们不太懂巴西人做短片依据的标准是什么,有点可惜,有点遗憾,毕竟我们希望自己国家的运动员能够更多地被全世界所关注和了解,同时也感谢这些中国的运动员用自己顽强拼搏的精神,在这个夏天给我们带来了一段又一段精彩而难忘的回忆。

做生活中的冠军

在巴西的时候,我买了一块这次奥运会的金牌,花了折合人民币50块钱,买贵了,据说在奥运闭幕之后10块钱就差不多了。为什么要戴上这块金牌呢?其实含义就是我们每一个人都可以在生活中通过参加运动,通过不断地超越自己,为自己戴上一块属于我们自己的金牌。

当然,想要做到这一点需要两方面的保障,一方面政府、国家去提供大量的运动设施。另一方面我们真的应该爱运动，投身其中。坦白地说，我们可以吐槽里约的很多事情，但是里约人热爱运动以及运动场馆的便利性却要甩我们八条街，所以这应该是我们向里约奥运会学习的非常重要的地方。在奥运会最后闭幕式上给马拉松运动员颁奖的时候，我也说非常高兴地看到国内现在喜欢长跑的人越来越多，但没必要把跑马当成一个重要的目标。跑10公里，普通人训练3个月都可以做到，所以拿10公里当成我们未来每一个人参与运动当中的一个重要的发端是不是更好呢？另外，请房地产商，各级市政府、省政府，还有国家去为每一个百姓的身边建造更多的便宜的，甚至免费的球场吧，请相信运动会让这个国家变得更强。

其实不管我们的脖子上有没有戴着这一枚金牌，我们都要相信自己能够成为生活当中的那一个冠军，要激励我们每一个人，从明天早晨开始就去参与到体育运动当中来。我们已经从奥运会的观赛者变成了生活当中的参赛者，怎样去赢？怎样更加有尊严地去输？怎样去做一个更好的自己？每天都要和自己赛跑，依然相信明天我们对生活充满激情，明天我们依然热爱运动，明天我们依然能够再次回到我们的生活当中。

里约奥运会的金牌

播种未来

不要唯金牌论，但金牌依然重要

这次的里约奥运会，我们国人整个观赛的心态发生了很成熟的变化，大家不再唯金牌论，但是调查结果证明，唯金牌论是不需要的，金牌却依然是重要的。唯金牌论的确非常糟糕，我们非常反感，但如果说金牌完全不重要了，那就走向另一个极端了。如果到奥运会来不是为了争金牌，争奖牌，那咱们到里约是来参加狂欢节的吗？这可能也是大家的一个误读。狂欢节中最高潮的部分，是12个桑巴学校的比赛，即使是这样的比赛也要决出冠军，而且最后一名是要降级的。

这就是体育比赛吸引人的地方，我们应该万事不走极

万事尽头，
终将如意

端，虽然不喜欢唯金牌论，但是金牌该争还是要争。但是另一方面，在奥运期间，像傅园慧如此火爆，说明大家已经以开心、幽默、更轻松的姿态去看待奥运会，我觉得这是这届奥运会另一个很大的收获。

在2016年的奥运会上，一些运动员比赛中发挥欠佳，没有取得大家所期待的成绩，在赛后我们则听到了各种各样的歉意，这份对不起当中，有对祖国的，有对父母的，有对队友的。我能理解他们的心情，我们从1984年第一次参加奥运会直到现在，30多年过去了，这中间我们也经历过在1988年所谓的兵败汉城之后，全国讨伐李宁，恨不得用唾液把他淹没掉，直到我们慢慢学会了成熟。其实我觉得这样的赛后道歉真的没必要，只要你自己努力了，就不用赛后再做检讨，而且这个检讨简直会让人更加难过。类似对不起这种话应该慢慢地少一点，这样的话一多，反而让我们觉得应该对他们说一声对不起，属于宝贝对不起，我们给你们的压力太大了。在赛场上尽力就好，你们依然是我们大家心目当中的英雄和宝贝。

但是我们回去之后还是应该认真地总结和反思，因为还有一个提醒放在了四年之后的东京奥运会。我们当了这么多年亚洲的老大，不管是在奥运会上，还是亚运会上，但是如果到了东京奥运会的时候，我们成绩进一步下滑，而日本进一步上升的时候，恐怕说无所谓的人就会更少了，因为体育就是和平时期的战争，各国之间的比拼是非常明确的。

有一个小细节我永远忘不了，1982年我们在新德里的亚运会上银牌数量第一次超过日本的那一天，恰恰是在北京人民大会堂最后通过国歌修改，重新启用《义勇军进行曲》的时刻。所以4年后、8年后、12年后的奥运会都在陆续等待着我们，我们如何寻找一个比较平衡的心态？看客放松，运动员尽力了我们不会去谴责他们，但另一方面，我们的运动员也要认真投入比赛，还是要让自己的成绩更好，突破点更多。

最励志的故事

据说2016年8月21号上午北京的路况相当畅通，几乎万人空巷，因为大家都找地方去看女排的决赛了。全国的观众都在密切关注和牵挂着这场决赛，而女排的姑娘们

> 万事尽头,
> 终将如意

则又给我们上演了一场精彩无比的逆转大战,最后3比1力克塞尔维亚,获得了冠军,同时也让我们看到了这届里约奥运会上一个最励志的故事。

虽然人在巴西,但我没去现场看这场比赛,因为心脏不够大,有点紧张,更重要的是要准备当天的直播节目。一个人看比赛的感觉简直太奇妙了,但是任何完美的事情当中,也会有瑕疵。在女排比赛的现场,在众多加油的背景当中,只能看到有一个来自中国的观众,举起他们地方的一个广告横幅,为他所在的地方打广告,最后的镜头躲都躲不开。我觉得应该去查一下,这究竟是个人的行为,还是背后另有推手。他不仅涉及对奥运规则的违反,另外很重要的一点是,女排打得这么好,这是所有中国人的事,而不是中国哪一个地方的事,更不是该去做广告的地方,我觉得此风不可长,因为这的确是我们全体

平均年龄 24 岁的中国女排告诉了我们什么叫作"不服输的中国女排"

万事尽头，终将如意

中国人的事啊。

就在女排比赛之前的时候，巴西男足获得了奥运的第一个冠军，为此巴西人狂欢了起来，他们觉得奥运结束了。我觉得对于中国人来说，当中国女排获得了这个冠军的时候，里约奥运也结束了，好饭不怕晚，中国人常说"晚来福"，我们得到了最想得到的，这是中国军团在这次奥运会上的最后一枚金牌，之前是 25 枚金牌，加上女排姑娘的 12 枚，咱们得了 37 枚，跟伦敦差不多对吧？

里约奥运小马拉卡纳体育馆真是中国女排的福地，三比二逆转巴西，三比一力克荷兰，三比一取得与塞尔维亚巅峰对决的胜利，中国女排的崭新历史都发生在这里。2016 年 8 月 21 日的里约奥运会，在时隔 12 年后，中国女排终于重登奥运之巅。坚持、拼搏，一路走来，8 场比赛，平均年龄 24 岁的中国女排告诉了我们什么叫作"不服输的中国女排"。

事实证明，中国国家女子排球队是一支可以战胜任何对手的冠军之队；事实也证明，主教练郎平是一个可以给我们带来无限可能的金牌教练。夺得奥运冠军后，郎平第一个感谢的，是此次中国女排的整个团队，包括那些一起拼搏训练但没能到里约的国家队队员。

当这届奥运会快要临近尾声的时候，中国女排的姑娘们再次让我们点燃了奥运的激情。女排比赛结束后，我看到一个文章的标题，让我非常的有感触，标题是：哪里有什么奇迹，只不过是永不放弃。而这种永不放弃的精神，又再次唤醒了我们一代人的集体记忆。

赛后，我也给这次的比赛起了一个标题，叫"移动的长城"。所有熟悉中国老女排的球迷，都会知道中国长城当时在世界排坛刮起的一个旋风。它专指中国的一个运动员，以及整个中国女排所代表的疯狂的拦防。她们的拦网简直就像长城一样攻不破，因此这次我们可以注意到，现在这支中国女排还年轻，谁都可能输，也谁都可能赢，既然在小组赛当中谁都可能输了，那接下来那就谁都可能赢呗。果真我们在接下来的淘汰赛当中，把小组赛当中输过的对手一个一个地给赢回来了。我们靠什么去赢呢？靠的就是几乎令人窒息的疯狂的防守，而这种防守则体现在重要的拦防上。

在女排的决赛当中，我们第一局脆败，但是之后就开始出现了大逆转。中国女排的姑娘不断地，不惜体力地一

万事尽头，
终将如意

次又一次跳起进行拦防，要知道，这种漂亮的拦网，这种移动的长城，不仅是一下就要把对方拦死，而是空前地增加了对方整体进攻的难度，最后使她们的失误增加，慢慢开始产生焦虑、困惑，直至失去自信，所以我们最后拿下了比赛。

我觉得这支女排依然具有中国老女排的特点，打不死，具有极强的韧性，这几场比赛打下来，中国女排不就是世界排坛一座移动的长城嘛，那么厚，打不穿。既然是长城，我们每一个人也应该爱我长城。

在比赛锁定胜局后，郎平第一个拥抱的队员就是朱婷，这是目前中国女排的两位灵魂人物。中国女排30年间的两代主攻手，相拥良久，这样的一个拥抱，或许代表着两代体育人之间的一种接力、传承。

1981年，日本东京，女排世界杯赛决赛对阵东道主日本队，第五局的时候，日本女排15∶14拿到赛点，正是郎平的奋力一扣，让中国队最终逆转，拿到冠军。当时郎平被解说员称为"铁榔头"，之后，她甚至被画成漫画印上了邮票。

那一次的7场比赛下来，中国队共扣球1116次，其中

朱婷的横空出世让郎平找到了定海神针

郎平一人扣球407次，得到79分，扣球命中率接近50%。而那一年，郎平只有21岁。这样的数据，或许只有今天的朱婷可以与之媲美。2016年的里约奥运，四分之一决赛对阵巴西，朱婷一人独得28分；半决赛对阵荷兰，她独得33分；决赛对阵塞尔维亚，这个超强的主攻手斩获25分，成为全场之冠。这一年，朱婷碰巧也是21岁。

1984年8月7日，中国女排在第二十三届洛杉矶奥运会女排决赛中，郎平的强力扣球屡屡得手，率领中国队以3比0战胜美国队。当年，郎平当选最有价值球员。而在32年后，作为里约奥运中国夺冠的最大功臣，朱婷在赛后也

万事尽头，终将如意

被国际排联评为本届奥运会最有价值球员。她也成为继郎平、冯坤之后，中国女排奥运史上的第三位最有价值球员得主。这32年过去，郎平以主教练的身份，看着她21岁的爱徒率领中国女排，再次站上世界之巅。

我一个人在看比赛的时候，一直在关注着郎平与朱婷之间的拥抱，结果我发现，当然郎平和朱婷拥抱的时间最长，这都不用说，而且隔了一会儿，又有了跟朱婷的第二次拥抱。其实对于每一个女排的主教练来说，都知道中国女排必须寻找到新的郎平，才会重上巅峰。这一路上关于这方面的新闻有很多，比如说我们记住了像赵蕊蕊、薛明等运动员的名字，但是因为伤病等很多因素，她们都没有达到郎平曾经所达到的高度。如今朱婷出现了，甚至可谓横空出世，她让郎平的这次执教找到了定海神针。

当然，光有一个定海神针是不够的，为什么小组赛上我们会接连地输球，就是因为我们总想依靠朱婷把对方打败，最后反而是朱婷的威力在下降。但是当我们的战术开始变得更加灵活，防守变得更加坚韧，其他队友都冲上来之后，朱婷也打出了更好的数据，这可能就是体育比赛的一种魅力。

这样的传承让人非常感慨，这支女排队伍值得我们可以，到现在为止，郎平执教这支女排之后，从2015年的世界杯到2016年的奥运会，已经完成了两连冠。朱婷在这其中当然扮演了非常重要的角色，这是一个全世界瑰宝型的主攻手，也正是因为有了她跟郎平的珠联璧合，我们才更加期待这支女排也许可以三连冠，甚至得到第四个冠军，一切皆有可能。

传承是一种力量

其实放眼整个的这届奥运会，我们看到很多项目都已经完成了这样的一种传承，比如说马龙和张继科，谌龙和林丹，丁宁、李晓霞，还有年仅15岁的跳水小将任茜等，都体现着两代体育人之间的传承。

奥运期间，我们不断提到的中国的国球应该有两个，一个是乒乓球，另一个是中国女排。之所以敢称其为国球，一定具有这样的一个特质，它并不会永远一帆风顺，它会跌倒，但是跌倒了总能爬起来，并且重新回到世界之巅。所谓野火烧不尽，春风吹又生。想一想，我们的乒乓球也

万事尽头,
终将如意

经历过低谷,甚至只拿到过世界第七的成绩,而女排也曾经历了很长时间的低谷,但是它之所以成为国球,就是有一种胜利的基因在传承。每次被击倒,都会顽强地再站起来,英雄不是没有脆弱的时候,只不过不会被脆弱征服罢了。

这样的一种传承,本身就是一种力量,所以我觉得不管是乒乓球还是女排,作为中国的国球,应该给予其他运

中国乒乓球选手马龙和张继科

动项目很大的力量。是的,在这次的奥运会上,我们很多的体育项目都完成了一种传承,这意味着什么呢?意味着北京奥运周期到这届奥运为止,已经正式结束了。一个国家所主办的奥运会是一种轨迹,不管是教练员还是运动员,其实都到这一次奥运会的时候宣告北京奥运周期正式结束,将要开启东京奥运周期。而让人们兴奋的是,我们在这中间完成了一种传承,开始有很多的年轻人可以进入东京奥运周期,去完成下一次的冲击。英国这一次获得的金牌数之所以很高,也跟他正处于伦敦奥运周期,还没有完成最后的更迭有很大的关系,所以表面上我们看到的运动员在这届奥运会上出现了传承,而我更愿意看到的则是北京奥运周期里中国的奥运军团,已经在向东京奥运周期去进行转变,而传承就是这种转变开始的标志。

虽然现在时代不一样了,很多体育项目打法的特点和风格可能也会不一样了,但是这种冠军的基因,以及永不言败、永不放弃的精神,真的是可以一代又一代地传承下来的,而且在赛场上,我们所看到的这种新老的交替,也是一种必然的现象。

其实我更加看中的不是 4 年之后,而是 10 年之后,或

万事尽头,
终将如意

者 20 年之后。为什么呢？开句玩笑，用一句东北话来说就是，别净整这些没用的，来点实际的。什么叫实际的呢？我们能不能在接下来将要开始的中国女排联赛中有更大的投入，能不能有更多的品牌和资本的力量开始放大中国女排的联赛，我们有没有能力让中国的女排联赛慢慢吸引世界的高手，包括教练加盟进来，成为世界上最牛的女排联赛。这样才会有更多的女孩子愿意去打排球，这样才会有更加肥沃的土壤，使排球能像乒乓球一样成为中国真正的国球。

我们不能满足于在今天，欣喜若狂，一通眼泪，玩命鼓掌，然后明天依然没有改变。女排的联赛在发展，但依然有的时候会呈现出寂寞的状态，这不应该。现在我们有了一个战略，那就是发展足球，这很对，但是别忘了，依然要拿出同样的重量去发展篮球，发展排球，尤其我们的排球可是有冠军基因的。

所以我们期待，我们能够为 4 年后，10 年后，40 年后开始播种。

总制片人：任涛　李伟林
总 顾 问：陈笃庆
制 片 人：吕志佳　刘明君
策　　划：沈伟煌
主 持 人：白岩松　董倩
记　 者：邢舟　张进　赵威　宋晓明　杨探骊
　　　　　廖军华　邵天凤　单倩　王瀛
摄　 像：方玉全　方晓峰
后期编辑：孔茜　王晓琛　高岚　王茜
　　　　　杨婷　郭丹丹　张昊　姚丽
监　 制：杨华
总 监 制：李挺

新闻评论部、拉美中心站联合摄制